विक्षोभ – विषम काल

कुणाल दास

notionpress.com

INDIA • SINGAPORE • MALAYSIA

पहली लहर..

"अरे तुम्हारा फोन फिर से बज रहा है। इसे अपने साथ ही क्यों नहीं ले जाते अंदर।" रिंकी ने चिड़चिड़े स्वर में गूसलखाने के दरवाजे पर हाथ मारते हुए कहा। अंदर से आ रही पानी गिरने की आवाज रुक गई और दरवाजे को थोड़ा सा खोल कर गिरिधारी शुक्ला जी ने अपना हाथ बाहर कर दिया। "दे दो। कुछ काम ही होगा।"

"अरे मैं कब कह रही हूँ कि पराई स्त्री का फोन है? काम दुनिया में तुम ही कर रहे हो या बाकी सब खाली हैं? ना दिन में चैन, ना रात में चैन। चैबीस घंटे बस फोन ही आते रहते हैं। सकून-से नहा भी नहीं सकते।"

गिरिधारी जी ने जवाब दिए बिना दरवाजा बंद कर लिया। यह बहस रोज की थी और जिस तरह रेल की पटरियाँ साथ रहने को बाध्य होती हैं, फोन भी गिरधारी जी के साथ रहने के लिए ही बना था, और उनकी पत्नी रिंकी भी। फिर बहस का क्या फायदा। वो ना तो रिंकी की बातों पर गौर करते थे और ना ही फोन से परेशान होते थे। जब पाँच मिनटों के बाद गिरिधारी जी गूसलखाने से बाहर आए, तो चेहरे पर संतुष्टि का रंग था और खुशी की चमक। उन्होने सामने कुर्सी पर रखा कुर्ता अपने सिर में फँसाया और तेजी से उसके अंदर समा गए। धर्मपत्नी सामने आकर खड़ी हो गई। "बड़ी हँसी छिपा रहे हो। लगता है कुछ नया आर्डर मिल गया आपको। अब जो भी हो, नास्ता करके जाना दुकान पर।"

"अरे दुकान पर जाना तो ऐसे कह रही हो जैसे दुकान कानपुर में हो। सीढ़ियाँ ही तो उतरनी है। वहीं भिजवा देना नास्ता।" गिरिधारी जी ने अँगुलियों से अपने छेहर हो चुके बालों में कंधी कर ली और तेज कदम से नीचे उतरने लगे। गिरिधारी शुक्ला जी बरेली के व्यस्त आदमी थे। उनकी दुकान, सर्वेष फार्मेसी ना सिर्फ बरेली, बल्कि आस-पास के गाँवों में भी दवाईयों का व्यापार करती

थी। घर पर एक नौकरानी थी, पर दुकान पर चार लड़के। उनकी जिंदगी इतनी व्यस्थ पहले नहीं थी पर 2010 ने उनकी सोच और दिशा, दोनो ही बदल दी। 2010 में गिरिधारी जी एक स्कूल के शिक्षक हुआ करते थे। स्कूल गैर सरकारी था, वेतन भी कम था। शाम में चार बच्चों को ट्यूशन भी पढ़ाते थे। यह सब करके महीने के बीस-बाइस हजार हो जाते थे। घर छोटा था, पर अपना था। पिताजी, कृष्णकांत शुक्ला जी, साथ ही रहते थे। यह घर उनका ही बनाया हुआ था। गिरिधारी जी दो भाई थे और दूसरा भाई झाँसी के बगल के मंढूप गाँव में ही बस गया था। इसीलिए यह घर उनका ही था। जिंदगी में असंतोष था पर रफ्तार ठीक ही थी। लेकिन फरवरी 2010 में कृष्णकांत शुक्ला जी को अधरंग का छोटा-सा असर आया। उन्हें दौरे पड़े और दो दिनों तक थोड़े-थोड़े पड़ते रहे। उनके दवा-दारु के चक्कर में जब गिरिधारी जी ने हस्पताल और दवाई-दुकानों के चक्कर काटे तो उन्हें समझ आ गया कि बरक्कत स्कूल में नहीं, दवाई-दुकान में है। उन्होंने देखा कि दवाई कहीं 100 की थी तो कहीं 80 की, और जान-पहचान निकालने पर 40 की भी मिल गई थी। जब पिताजी वापिस घर आए तो उनके साथ साथ गिरिधारी जी को बहुत सारा अनुभव भी आ गया था। मास्टर जी अब व्यापार करना चाहते थे।

"नौकरी की अर्जित सम्पत्ति मानो डब्बे में रखा सामान हो। जो है प्रत्यक्ष है और जल्दी खर्च भी होगा। व्यापार का माल तो अलमारी में जाता है। इतने खोमचे दराजें हे कि ना टैक्स वालों को नजर आए, ना घर वालों को।"

"रेलगाड़ी में बैठ कर हवा में उड़ने के सपने देखना मूर्खता है। अगर हवा में पहुँच गए तो वो दुर्घटना होगी। उड़ने के लिए ट्रैक और ट्रेन छोड़ जहाज पकड़ना होगा। मास्टरी की रेलगाड़ी बेकार है, व्यापार का विमान पकड़ो।"

"नौकरी में बरक्कत नहीं, अपना काम ही होना चाहिए।"

"नौकर मेहनत करके अच्छा नौकर बनता है और मालिक मेहनत करके बड़ा मालिक। मास्टरी की नौकरी में बरक्कत नहीं, बस नौकरी ही है ।" इसी तरह की दलीलों से उत्साहित होकर गिरिधारी जी ने ट्रैक बदल लिया। कुल 1500 रुपए लगे और मथुरा से डी-फार्मा का सर्टिफिकेट आ गया। वैसे तो कोई नहीं पूछता कि कौन दवाई बेच रहा है और कौन लिख रहा है। फिर भी गिरिधारी जी संभल कर खेलना चाहते थे। घर के शुरु में ही एक कमरा बना हुआ था, जो कृष्णकांत जी अतिथि कक्ष के रुप में चाहते थे, गिरिधारी जी ने वहीं दवाई की दुकान डाल ली। मई 2010 में दुकान शुरु हुई और जून 2013 तक घर की पहली मंजिल तैयार हो गई थी। वो अक्सर बोलते, "रिंकी, जिंदगी के बहुमूल्य साल मैंने बेकार ही मास्टरी में निकाल दिए। पहले से लग जाता तो आज पता नहीं कहाँ होते !" गिरिधारी जी ने जब दवाई का काम शुरु किया तो संघर्ष ज्यादा था। मास्टर जी का दिमाग था तो रास्ते भी निकले। उन्होंने स्कूटर पर दवाईयाँ बेची। गाँवों में अपने फोन नंबर के पर्चे बाटे। फोन करो तो दवाई घर पर आ जाएगी। एक साल होते होते, वो व्यस्त हो गए। पुलिस वालों को मुफ्त दवाईयाँ भी दीं और डॉक्टरों को उपहार भी भेजे। उनका कहना था, "जो मुँह खोल कर बीस रुपए मांगता है उसका दिल दस पर ही खुश हो जाता है। पर जो मुँह ही नहीं खोलता, उसे तीस चाहिए होते हैं।" खैर हर किसी को रजामंद करते हुए गिरिधारी जी ने अपनी जगह बना ली। दो लड़के रख लिए और ऊपर दो कमरों का घर बना लिया। पर उनके ऊपर लक्ष्मी की कृपा 2020 में हुई। कहते हैं कि हर किसी को ऊपर वाला मौका देता है और सिग्नल भी, लोग डर कर सिग्नल पकड़ नहीं पाते, गिरिधारी जी ने पकड़ लिया। मार्च में कोरोना संक्रमण से लॉकडाउन हुआ तो एक बार को लगा कि व्यापार का

क्या होगा। पर धीरे-धीरे नए तरीके खुल गए। उन्होंने मई-जून में घर में ही सेनिटाईजर बनाए और खूब बेचे। कैसे बनाए? पता नहीं। एक गैलन खरीद कर उसके चार गैलन बना दिए और बेच दिए। एक बार जब दुकान पर काम कर रहे लड़के ने उन्हें देख लिया तो वो हँस पड़े थे, "आज के दिन में आदमी आदमी से दो गज दूर है, मरने की वजह ढूंढने की जरुरत नहीं है। ऐसे में कोई ना पूछने वाला है ना देखने वाला।" उसके बाद उन्होंने मास्क का भी काला -व्यापार किया। फिर फिनाईल, सतह साफ करने के लिए अलग केमिकल और पता नहीं क्या क्या। कोरोना और लॉकडाउन में गिरिधारी जी के ऊपर लक्ष्मी की असीम कृपा रही। उनको पता था कि यह गोरखधंधा ज्यादा दिनों तक नहीं चलेगा। कुछ महीनों में सरकार और अखबार दोनो जाग जाएगें, अभी कहीं और व्यस्त हैं। इसीलिए उन्होने गाँव से अपने भाई को भी बुला लिया था। बेटा भी इतना बड़ा था कि धंधा समझ सके। "रोज अखबार पर नजर रखो। पहले दिल्ली -मुम्बई में रेड शुरु होगी, फिर लखनऊ और फिर हमारा नंबर आएगा। जैसे ही खबरें शुरु हो, काम समेट लेना है।"

बड़े भाई दिल के इतने पेंचदार नहीं थे। वो झांसी के पास गाँव मंढूप में रहते थे और वहीं पंडिताई करते थे। घर में दो बेटियाँ थी और एक बीबी। इतनी कमाई हो जाती थी कि जीवन -यापन आसानी से हो जाए। पर मार्च से मंदिर भी बंद थे और दक्षिणा भी। इसीलिए भाई के बुलावे पर काम में हाथ बटाने आ ही गये। गिरिधारी जी ने साफ कहा था। "भैया, यहाँ काम बढ़ गया है। मैं नया आदमी रखूँगा तो पैसे वो ले जाएगा। आप आ जाओ, आपकी भी आमदनी हो जाएगी और मेरा काम भी हो जाएगा।" गिरिधारी जी अपनों के लिए कंजूस नहीं थे। बीस हजार रुपए हर महीने, घर में रहना, खाना और पचास हजार हर महीने का उधार भी देने की जिद थी। पंडित जी के लिए तो दस हजार भी काफी थे, ऊपर

से उधार भी ! पर गिरिधारी जी ने समझाया, "वक्त बुरा है भैया। आप नहीं भी चुकाओगे तो घर के ही काम आए, सोच लूँगा। पर घर में पैसे होने चाहिए। मेरी तो डॉक्टरों से बात होती रहती है। यह ऐसे ही चलेगा दो-तीन साल।"

उनके रिश्ते में आँख का पानी बचा था, गिरिधारी जी ने उन्हें नहीं बताया था कि वो आपदा में अवसर बना रहे थे। ना पंडित जी को तकनीकी जानकारी ही थी कि सेनीटाईजर कैसे बनता है, ना शक करने की वजह। दो महीनों तक तो वो यही सोचते रहे कि गाढ़ा केमिकल कच्चा माल है और पानी मिला कर ही उपयोग लायक बनेगा। पर जैसा कि गिरिधारी जी ने अंदेशा किया था, जून में अखबारों में नकली सेनिटाइजर और नकली मास्क की खबरें आने लगी। जब सारे कैन ऊपर छत के गुप्त तहखाने में छिपा दिए गए, तब पंडित जी को शक हो गया। और जब उन्हें यकीन हो गया तब उन्होने अपने भाई से विदा ले लिया। गिरिधारी जी ज्यादा बहस नहीं कर सके। समझाने की कोशिश की,

"इतनी ज्यादा मांग है कि पूरी नहीं हो सकती। सबको मिले चाहे आधा ही मिले, यह ज्यादा न्याय संगत है। मेरे डॉक्टर दोस्तों ने भी यही कहा था।"

"होगा न्याय संगत, पर धर्म संगत नहीं।" भाई ने हामी नहीं भरी। एक बार को सारा काम भी बंद हो गया था, पर जब एक लाख की रिश्वत पर एक महीने के लिए प्रशासन ने आँखें बंद करने को हामी भरी, तो गिरिधारी जी अपने भाई को वापिस झांसी के लिए टैक्सी में बिठा आए और जी जान से सेनीटाइजर बनाने में जुट गए। इस महीने लक्ष्मी का स्वागत कर लें, अगले महीने से फिर शुद्धिकरण कर लेंगें।

कृष्णकांत शुक्ला जी काफी बूढ़े हो चुके थे। उम्र में सत्तर पर सेहत से नब्बे। 2010 के अधरंग ने उन्हें अंदर से हिला दिया था। वैसे तो अधरंग का असर काफी कम था पर मौत को नजदीक से देखकर और सोचकर उनका आम जीवन से भरोसा डगमगा गया था। वो चुपचाप रहते थे, कम खाते, कम बोलते और कम प्रतिक्रिया देने वाले इंसान हो गए थे। अपने जवानी में वो मुखर और ऊर्जावान पुरुष हुआ करते थे पर अब समर्पण कर चुके थे। पंडित जी जाने से पहले पिताजी के पास भी गए और अपनी मनोव्यथा रखी। कृष्णकांत जी ने दरवाजा बंद किया और खूब बोले। जी भर कर, मानो कवि को एक अच्छा श्रोता मिल गया है।

"पिताजी, भाई का व्यापार उचित नहीं है। मुझे ऐसा लगता है कि इस काम में सहयोग करके मैं प्रत्यक्ष या परोक्ष रुप से पाप ही कमा रहा हूँ। मैं इसीलिए जा रहा हूँ। सोचा आपसे विमर्श कर लूँ।"

कृष्णकांत जी की चेतनाएँ जाग गयी। इतने सालों बाद घर में पुण्य-पाप और उचित अनुचित जैसे शब्द सुने, मन प्रसन्न हो गया। वरना वहाँ का मुद्दा लाभ, नुकसान, व्यापार और विस्तार यही रहता था। गिरिधारी जी भी एक अच्छे पुत्र होने की पूरी कोशिश करते थे। वो भी अक्सर अपने पिताजी से बताते कि व्यापार में क्या उन्नति हुई है। वो अपने पिताजी के आगे जो थाली परोसते, वो मसालेदार होती थी, जिसमे कृष्णकांत जी का स्वाद हट चुका था। आज पंडित जी ने उन्हें फलों की टोकरी दे दी मानो उनकी आँखों में चमक आ गई। "वो मत करना बेटा जो आत्मा पर बोझ बन जाए।"

पंडित जी को बल मिला। वो मुस्कुरा उठे।

"बुरा वक्त तो आता ही है आपकी परीक्षा लेने के लिए। उसी में पता चलता है कि सोना कौन है और कौन पीतल। जो बात मन

को गलत लगे, उसको करने का क्या मकसद। पैसे तो आएगे, पर साथ में कालिख भी लाएगे।"

"पिताजी, जो आप इतना कुछ देख और समझ रहे हैं तो गिरिधारी को रोकते क्यों नहीं? पुत्र ही तो है। आपका कहा मान जाए शायद?"

"बेटा, तुमने "शायद" लगा कर खुद ही जवाब दे दिया। वो मेरे पास अपनी शीशी का ढक्कन बंद करके आता है, बातें कहाँ से अंदर जाएगी। वो आता जरुर है, रोज ही, पर बताने कि वो क्या कर रहा है, कि उसके पास पैसे हैं। मुझे लगता है कि मेरे बीमार पड़ने पर पैसों की दिक्कत हुई थी, वो उस भावना से पीड़ित है। इसीलिए पैसे देखकर उसे बदला लेने जैसा महसूस होता है। अब वो उस धन के जाल में फँस गया है, जहाँ विवेक मर जाता है।"

"पर आप फिर यहाँ क्यों रह रहे हैं। मतलब, अगर आपको घुटन है तो मेरे साथ झांसी चल लीजिए। मुझे तो लगता था कि भाई के पास सुविधा और संसाधन ज्यादा है और आपको आराम है। पर अगर मानसिक अशांति है तो संसाधन का भोग नहीं हो सकता। आप भी चलिए।"

कृष्णकांत जी हँसे, "मुझे संसाधनों का मोह नहीं रहा। पर मैं यहीं रहूँगा। कितने दिन, महीने, साल बचे होंगे, उसमें क्या क्या ढूँढे? मानसिक शांति की तलाश भी चाहत ही है। मैं हर तरह की चाहतों से दूर मरना चाहता हूँ। ताकि जब इस बार यमराज कहें- "चलो" तो एक क्षण के लिए भी मिन्नतें ना करूँ।"

"पिताजी, वहाँ, मेरे पास कौन सा आराम है, पर फिर भी, अगर आप चलेंगे तो अच्छा रहेगा।" "छोड़ बेटा, कुछ और बता। बहू और दोनो बेटियाँ कैसी हैं? अब तक तो बड़ी हो गई होगी?" कृष्णकांत

जी ने विषय बदला तो पंडित जी भी उसी दिशा में मुड़ गए। बताने लगे कि बड़ी बेटी की बारहवीं की परीक्षा होगी और छोटी नवमी में है। बताने लगे कि बच्चे पढ़ने में होशियार हैं और संस्कारी भी। घर पर चिड़ियाँ पाल रखी है। मंदिर में अभी ताला लगा है, पर वो दूर से पूजा कर लेते हैं। कैसे घर चलता है, कैसे खपड़े से अब वो पक्के मकान में आ गए हैं। इस बार गाय खरीदने की मंशा थी, पर कोरोना में काम रुक गया। पंडित जी ने पूरी सावधानी बरती की पैसों की कमी का जिक्र ना आए। पर कृष्णकांत जी उनके बाप थे, बातों से पता चला कि आर्थिक स्थिति अच्छी नहीं है। "कुछ पैसे ले जा। जब काम शुरु हो तो वापिस का देना।"

"नहीं पिताजी, काम चल जाएगा।"

"बेटा, जरुरत पड़ेगी तो आजकल आना-जाना भी मुहाल है।"

"कठिन वक्त है पिताजी, कठिनाई के मजे लेंगे। बच्चे भी तो सीखेंगे कि कठिन वक्त कैसा होता है।"

"हाँ, वरना यहाँ तो विड़ियों गेम और टीवी पर बच्चों की मौज हो रही है। उनको तो पता भी नहीं कि बाहर महामारी फैली है।"

"ठीक है ना पिताजी, ना पता होगा, ना डर होगा। जो जैसे जीना चाहे प्रभु उसे वैसा ही बनाए।"

गिरिधारी जी के जीवन के सिद्धांत सरल और स्पष्ट थे। वो दुनिया में गिनती के लोगों को परिवार मानते थे- बाप, भाई, बीबी, बच्चे बस ! भाभी, भतीजी यह सब दूर के रिश्तेदार थे। भाई, एक ही खून की पैदाइश थे और उन्हें प्रिय थे। "इकलौता ऐसा रिश्ता है जो ऊपर से ही साथ भेजा गया और अपनी पीढ़ी का भी है। जो भाई - भाई का दर्द नहीं समझता, वो मानसिक रुप से कमजोर और भावनात्मक रुप से दीवालिया है।" यह बात अलग थी कि गिरिधारी जी और उनके भाई अलग रहते थे, अलग आसमान के पूजक थे फिर भी पंतग तो एक ही छत के थे। उनका जाना गिरिधारी जी को बुरा लगा। इतना नहीं कि रिश्ता कमजोर हो, पर इतना जरुर कि वो उसे मंदबुद्धि सोचकर उसके एकाउंट में पचास हजार रुपए भेज दें। इससे मानसिक संतुष्टि रहेगी। वो किसको कितने पैसे दे रहें है, किससे क्या लेने वाले हैं, यह व्यापार के अंदर की बात थी और इन मामलों में ना वो किसी को बताना जरुरी समझते ना ही टोका-टाकी सह पाते। यदा-कदा उनकी धर्मपत्नी, रिंकी शुक्ला, जानबूझ कर उनसे कुछ पूछ लेती थी जिससे जिरह हो। शायद वो भी यह परखना चाहती थी कि कभी तो इस प्रतिबंधित व्यापार क्षेत्र में दाखिला मिलेगा। पति के पास एक निजि क्षेत्र है, यह कुशल ग्रहणी के लिये हार जैसी मनोदशा थी। जब पंडित जी चले गए तब रिंकी ने फिर से अपनी कोशिश की, "हम तो भैया की मदद ही कर रहे थे, ऐसे गए, मानो हमने उधार मांग लिया हो। आज के जमाने में कौन किसकी मदद करता है। धन्यवाद की जगह ताने ही दे गए।"

गिरिधारी जी ने कुछ जवाब नहीं दिया। ना जवाब देना भी संकेत था कि मुद्दा पसंद का नहीं है। रिंकी थोडा सा और आगे बढ़ी, "अब पंडिताई चल नहीं रही पर घर तो चलाना ही है ना। और कौन सा पंडिताई दूध का धुला व्यापार है? डरे हुए लोगों को पूजा -पाठ के बहाने कह दो कि ग्रह कट जाएँगे। अरे जब भैया अपने

ग्रह ठीक ना कर सके तो यजमान की कुंडली क्या सुधारेंगे? कुल के लिए लड़का नहीं, ढंग का घर नहीं और भविष्य का पता नहीं।" गिरिधारी जी ने शांत स्वर में कहा, "भैया अलग ढंग के हैं, रहने दो। वो अपनी जगह खुश हैं, हम अपनी जगह।"

रिंकी को मानो बल मिल गया। "सही कह रहे हो, पर असर तो कुनबे पर आता ही है ना। कल मुझसे छुटकी पूछ रही थी कि क्या हम गलत काम करते हैं? भैया तो आग लगाकर अपने सुख वाली कुटिया में निकल लिए, हम बच्चों को समझा रहे हैं कि व्यापार क्या होता है। और आप इतने भोले हो कि सब चुपचाप सुन लेते हो। पैसे मत भेजना उनको एक भी इस बार।"

"तुम अपना काम करो ना, इन मामलों में क्यों घुस रही हो?" गिरिधारी जी को झल्लाट हुई।

"बीबी हूँ मैं आपकी, मुझ पर गुस्सा उतार लो। जहाँ जवाब देना चाहिए वहाँ तो संत बन जाते हो। पैसे तो नहीं भेजे ना? भेजना, पर जब दो बार मांगे तो। इतनी अकड़................." गिरिधारी जी के लिए बहस मर्म पर आघात जैसा था। भैया अच्छे आदमी थे और उनकी पीढ़ी के एकमात्र खून के रिश्तेदार, उनको दोष देना, शुक्ला खानदान पर दाग लगाने जैसा था। वो गुस्से से लाल होकर बोले, "एक बार में बात समझ में नहीं आती क्या? जब बोल रहा हूँ कि इस पचड़े से दूर रहो तो फिर क्यों सिर घुसाए जा रही हो? मुझे पता है क्या करना है। घर-गृहस्थी में ध्यान दो, मैंने कभी पूछा है कितना आटा, कितना नमक लग रहा है? फिर....? मेरे मसले में मत पड़ो।"

रिंकी ने इस प्रयास को भी असफल बता कर, आँखों में आँसू भरकर कहा, "नौकरानी ही रख लेते। यह सब तो वह कर ही देती।

मेरी औकात यही है, आटा-नमक। ठीक है, मुझे क्या पता था कि विजनश मैन की बीबी सिर्फ मैं बाहर वालों के लिए हूँ, असलियत में नौकरानी ही हूँ।" और वो आँखों के आँसू को पोंछती हुई दूसरे कमरे में चली गई।

यह सब पहली बार हुआ होता तो गिरधारी जी को फर्क भी पड़ता, पर यह हर दो-तीन महीनों में होने वाली तकरार थी। गिरधारी जी ने लंबी सांस ली, मानो मन ही मन कह रहे हों, "चलो बला टली, अब काम करें," और नीचे दुकान की तरफ चल पड़े।

जब गिरधारी जी मास्टर थे, पर पत्नी की अलग शिकायतें थी। पैसे नहीं थे, रुतबा ही नहीं था। "आजकल गुरुजी नहीं, मास्टर होते हैं। वो जमाना लद गया जब गुरुजी की इज्जत होती थी। अब तो कलर्क भी बढ़िया माना जाता है। अरे, बईमानी ना भी करे, पर करने का उपाय तो हो। यहाँ मास्टर क्या करेगा। बहुत मेहनत करे तो लोग कलैंडर भी नहीं देते, जो नए साल में यूँ ही बाँट रहे होते हैं।"

"मुझे लगता था कि मास्टर लोग तो सही और गलत के पारखी होते होंगे। सिद्धांतों पर चलने वाले होते होंगे, पर मुझे क्या पता था कि सच्चाई कुछ और है।"

रिंकी के तंज चलते रहते थे और परिस्थितियों के हिसाब से विषय चुन लेते थे। अब तो गिरधारी जी को एक छिपी हुई उम्मीद रहती थी कि रिंकी कुछ तो बोलेगी ही। आदत की तरह जिरह करने का ही नतीजा था कि गिरधारी जी पर न बहस का असर होता ना ही उसके रोने-पीटने का।

लड़का-शंकर शुक्ला, श्याम वर्ण का गोलमोल कद काठी का लड़का था। शुरुआती साल तो ये समझने में लग गए कि घर में

मानना किसे है, माँ को या बाप को। 15-16 साल होते- होते उसे समझ आ गया कि बाप ही घर का मालिक हैं। उसी के पास पैसा भी है और आखिरी फैसले की ताकत भी। उसके बाद तो शंकर पूरी श्रद्धा के साथ गिरिधारी जी की चाकरी में लग गया। दो सालों में उसे समझ आ गया कि उसके आराध्य, गिरिधारी जी, ना तो सदा-सच्चे हैं और ना ही सदा सही। हर सीखे हुए छल के साथ गिरिधारी जी की साख घिसती गई। हालाँकि ताकत तो अब भी गिरिधारी जी के साथ ही थी, शंकर उनके पीठ पीछे उनका मजाक बनाने में झिझकता नहीं था। छोटी बेटी, वणिता, बचपन से ही बाप को आशक्त थी। उसकी श्रद्धा निर्दोष थी और उम्र के साथ बढ़ी ही थी। पहले बाप को मेहनती देखती थी, बाद में चतुर और अब पारिवारिक ! "माँ और बेहतर रुप से साथ दे सकती है" ऐसी विचारधारा उसके मन में घर कर चुकी थी। उसके लिए तो अगर गिरिधारी जी बैंक भी लूट लें तो भी पवित्र ही रहेंगे। साहसी और जिगर वाले कहे जाएंगे। लेकिन प्रकृति का न्याय अजीब ही होता है। गिरिधारी जी के लिए वणिता घर की नाक थी जिसे तमीज से रहना था और शादी के बाद अपने असली घर जाना था। वो उस पर पैसे और सामान व्यय कर सकते थे पर सोच या समय का व्यय स्वीकार्य नहीं था। वो तो शंकर पर केंद्रित था। शंकर पर लगाया समय उनके लिए "इनवेस्टमेंट" था, जिसका ब्याज ता -उम्र आएगा। वणिका पर व्यय तो खुशी और मनोरंजन जैसा था। घर का माहौल अच्छा रहेगा पर वह शादी तक के लिए ही होगा। इतने स्पष्ट मनोविज्ञान के साथ परिवार से जुड़े गिरिधारी जी की बाहर से दो ही लोगों से अच्छी दोस्ती थी। अच्छी दोस्ती मतलब जिसके लिए कानून तोड़ने का सोचा जा सके, जिसके लिए अपना नुकसान उठाया जा सके और जिसकी खुशी से जलन ना हो। इसी सख्त परिभाषा के बाहर तो सारी दुनिया ही गिरिधारी जी की दोस्त थी। "बिजनेश में सामान से पहले व्यवहार बिकता है।"

पहले दोस्त थे डॉक्टर सलीम खान। जब डॉक्टर साहब ने बरेली में अपना क्लीनिक शुरु किया था तभी गिरिधारी जी ने मास्टरी तज कर दवाई दुकान खोली थी। पुराना और हम वक्त होने का साथ था। यह मरीज वहाँ भेजते, वो दवाई यहाँ की लिखते। पर दोस्ती तब गहरी हुई जब सलीम खान साहब ने अपने छोटे से क्लीनिक को बड़ा करके दस बिस्तरों के अस्पताल में तब्दील करने का सोचा। उन्होंने गिरिधारी जी को बुलाया और उन्हें अपने अस्पताल को अपग्रेड करने का जिम्मा दिया। "आप हमारे जानकार हो, अपना समझ कर करोगे।" गिरिधारी जी ने फर्नीचर से लेकर, बीपी मशीन तक, अपनी देखरेख में लगवाया और बदले में पैसे भी अच्छे मिले।

"हर कोई लूटने को तैयार है, तुम्हें दूँगा तो लगेगा दोस्त के पास ही तो गया।" सलीम खान ने हँसते हुए कहा था। तब से आज तक, लगभग 10 सालों में, उनका मेल-जोल, दोस्ती और व्यवहार सब अच्छे ही हुए थे। सलीम जी नीचे से आवाज देते - "गिरि" और फिर दोनो रात में आधे घंटे बरेली की खाली सड़कों पर चहलकदमी करते थे। सलीम खान घर नहीं आना चाहते थे, "रहने दे भाई, हम सड़क पर ही मिल लेते हैं। मुझे अंदर घबराहट होगी।" वो हमेशा बहाना मार जाते। और दोनो अपने तरीके की दोस्ती में खुश थे।

दूसरा दोस्त तो और भी काम का था, दरोगा राजेश पासवान। राजेश उम्र में पाँच-छः साल छोटा होगा, पर उसकी उम्र कभी आड़े नहीं आयी। वो अक्सर दुकान पर आता और चाय-नाश्ता करके जाता था। वो घर भी आ जाता था और रिंकी को बड़ी दीदी बना कर चाय-नाश्ता निबटा जाता। पर वो काम भी आता था। पहली बार दुकान के लाईसेंस का कुछ लफड़ा हुआ था, राजेश ने नमक का कर्ज चुकाया था। फिर फिरौती से बचाना, दवाई के छापे की खबर

एडवांस में दे देना से लेकर गली-मुहल्लो तक के लफड़े में ताकत बनकर खड़े रहने तक राजेश काम आता था। कुछ महीनों पहले ही, जब गिरिधारी जी ने घर में सेनिटाईजर बनाना शुरु किया, तब राजेश ने ही कहा था, "कुछ नहीं होगा, मैं हूँ ना।" गिरिधारी जी ईमानदार किस्म के बेईमान थे। दस हजार रुपए, दो, दो लीटर सेनिटाइजर और दस एन-95 मास्क उन्होंने राजेश को दिए थे। अपने भाई को झांसी से लाना और वापिस वहाँ भेजना भी राजेश की मदद से ही सुगम हुआ था। सितम्बर 2020 से जैसे ही देश में स्थिति सामान्य होने लगी थी, गिरिधारी जी की ऊपरी कमाई भी कम होने लगी। सेनिटाईजर सस्ते हो गए, मास्क हर कोई बनाने लगा और कोरोना का डर भी लगभग खत्म हो गया। "अब फिर से खाँसी, बीपी का काम करना पड़ेगा" वो अक्सर हँसते हुए कहते। सितम्बर खत्म होने वाला था और रात की गर्मी काफी कम थी। गिरिधारी जी खाने के बाद अपने मित्र डॉ॰ सलीम के साथ गलियाँ नाप रहे थे।

पंडित जी अपने भाई से नाराज होकर नहीं आए थे कि बैंक में फालतू पैसे का उपहार देखकर प्रसन्न हो जाते। उनकी नजर में गिरिधारी जी का काम एक झोल झाल का था। घर में पैसे का आभाव था पर अब मंदिर खुल चुके थे। लोगों की श्रद्धा उतनी नहीं थी, जितनी पहले थी, पर काम शुरु तो हुआ था। सुबह की आरती के बाद जब वो घर के बरामदे में बैठे इसी बात का चिंतन कर रहे थे कि इस पाप की कमाई का बोझ कैसे उतारें, उनकी पत्नी सुलोचना देवी, वहाँ आकर बैठ गई। उसको इस विवाद और धन की जानकारी रात ही दी गई थी।

"मैं क्या कहती हूँ, अभी काम ठीक से शुरु भी नहीं हुआ और घर में दाना-पानी भी दो तीन महीनों का ही है। क्या पता फिर से मंदिर बंद हो जाए? टीवी पर देखो तो बार -बार विदेशी लोग कह रहे होते हैं कि कोरोना के बाद भी कुछ न्यू नार्मल आएगा, सब हमेशा के लिए बदल जाएगा। ऐसे में कुछ संग्रह हो तो.............।"

पंडित जी ने सुलोचना को घूर कर देखा। पंडित जी एक सैधांतिक पुरुष थे, पंडित थे, बाप थे, पति थे, समाज के जिम्मेदार आदमी थे और भगवान से डरने वाले इंसान थे। सुलोचना तो सिर्फ उस घर की गृहणी थी। उसे ना समाज की चिंता थी, न पुण्य-पाप की और ना ही भगवान की। उसके लिए तो परिवार ही था, जो सबसे ऊपर था। चिंटू और मोना, दोनो बेटियाँ थी, जो संसार का ओर-छोर थी। "अधर्म का पैसा कभी सुख नहीं दे सकता। इसे जितनी जल्दी निकाल फेंको, उतनी जल्दी भलाई है।"

"कैसा धर्म, कौन सा अधर्म। आप अभी धर्मयुद्ध में नहीं हो। बीमारी फैली है, सब काम धंधा चौपट है। जो आपका मंदिर और पूजा इतने ही सही होते तो बंद ना किए जाते। अरे शराब का ठेका भी पहले खुल गया। मंदिर, धर्म, ज्ञान, यह सब सामान्य जिंदगी

के चोंचले हैं। जब मुसीबत सिर पर खड़ी हो तो उपाय चाहिए, ज्ञान नहीं।" माँ-बाप की बहस की आवाज सुनकर चिंटू और मोना भी दरवाजे से लगकर बाहर झांकने लगी। चिंटू उर्फ मनीषा उन्नीस साल की थी और मोना उर्फ प्रणवी सत्रह साल की। दोनो ही बेटियाँ समझदार थी और तमीजदार भी। बहस के बीच अगर बच्चें दिख जाएं तो माँ-बाप शांत हो जाते हैं, यह भी दोनो को पता था। शायद इसी उम्मीद में, दोनो दरवाजे से लगकर खड़ी हो गई। सुलोचना ने गर्दन घुमाकर दोनो बेटियों को देखा और डांटकर बोली, "तुम क्या पंचायती करने आई हो? कोई काम नहीं है अपना। भागो यहाँ से।"

पर पंडित जी आज अलग सुर में थे।

"रुको। इधर आओ दोनो।" वो सुलोचना से मुखातिब हुए, "बच्चों को भी तो पता चले कि धर्म और अधर्म क्या होता है। बचपन में सीख लेंगी तो जिंदगी संतुष्ट रहेंगी, नहीं तो शादी के बाद कलह का कारण बनेंगी।"

"कलह का कारण" सुलोचना विफर पड़ी, "पंडित जी, घर चलाने वाले को पता होता है कैसे चलाना है। बाहर बैठे -बैठे ज्ञान देना आसान ही होता है। पैसे दे दो तो ज्ञान भी झेल लेंगे। सबको राम जी बनने की पड़ी है, सीता की रसोई में झाँकने का जिगर भी रखो।"

पंडित जी ने अपना ध्यान बेटियों पर लगा दिया, "जब मुश्किल वक्त होता है, तभी आदमी के अंदर ताकत की परीक्षा होती है। संस्कार, आत्मज्ञान, आत्म सम्मान, अंदर का जीवट, सब तभी परखे जाते हैं जब दूसरा रास्ता, जो अधर्म का हो, सुगम दिखे। अगर पेट में दाना और जेब में नोट पड़े हों तो इन चीजों की परीक्षा ही नहीं होती। सोने की लंका में रावण बन कर रहने से अच्छा नहीं है कि जंगलों में राम बनकर रहें?"

सुलोचना के लिए यह पहली बार नहीं था। हर चीज का जवाब पंडित जी के पास रामायण के रुप में ही था। वो जब भी सांसारिकता की बातें करती, पंडित जी रामायण बताते और जब सुलोचना रामायण की विवेचना करती, पंडित जी उखड़ जाते, "धर्म ग्रंथ बहस के लिए नहीं बनाए गए हैं। कुएँ से शिकायत करना कि गेहूँ नहीं मिल रहा, बेवकूफी होती है। वहाँ से पानी ही मिल सकता है।" वो उठ कर घर के अंदर चल गई। पंडित जी बेटियों को समझाते रहे, "धन और व्यय में अजीब सा रिश्ता होता है। धन के हिसाब से व्यय करना कोई समझदारी नहीं है। हाँ, व्यय कम रखना समझदारी है। हमें पता होना चाहिए कि हर वो चीज जो जरुरी थी, भगवान ने हमें देकर भेजा। सांस जरुरी था इसीलिए नवजात को वह आता है। उसी तरह आवाज, हाथ, पैर सब। पर क्या जेब बना कर भेजा? नहीं ना। धन तो इंसानी कारस्तानी है। इसका उपयोग करो, सदुपयोग करो पर इसके गुलाम मत बनो।"

पंडित जी प्रवचन आगे चलना था मगर सुलोचना ने दरवाजे से कहा, "भगवान ने जेब ना दी, पर अक्ल तो दी ना, पैसे कमाने के लिए। अंगूर खट्टे हैं बोलने से अंगूर खट्टे नहीं होते। अरे दाना -पानी के लिए भी तो यही मनहूस पैसा चाहिए होता है। भाई ने दिया है तो नखरे कर रहे हो, मान लो भगवान ने भिजवाया है, तो?"

"भगवान देंगे तो भी मना कर दूँगा अगर गलत तरीकों से कमाया हुआ हो तो। तुम यह बताओ, तीन-चार महीने लायक इंतजाम है ना? फिर क्यों परेशान होती हो। गलत धन व्यय लाएगा, व्यसन लाएगा। अब फिर से चीजें ठीक होने लगी हैं, पंडिताई भी चल जाएगी।"

"इससे अच्छा तो होमगार्ड से शादी हो जाती, कम से कम कुछ लेकर तो आता। पति माँगा था प्रभु, मास्टर पकड़ा दिया। ज्ञान,

ज्ञान, ज्ञान........." सुलोचना बड़बड़ाती हुई अंदर चली गई। बहस में जीतना मुश्किल था, पर पीछे हट जाने से कम से कम पंडित जी की जीत तो नहीं होती। पंडित जी ने लंबी साँस छोड़ी और वापिस बेटियों से मुखातिब हुए। पंडित जी एक संतुष्ट प्राणी थे, दो बेटियों पर अपनी उम्मीदें टिकाए हुए। वो दोनो संस्कारी, सभ्य और नेक लड़कियाँ बने, यही उनकी तमन्ना थी।

"ज्यादा पढ़ाई के साथ सभ्यता और संयम भी जरुरी हैं वरना बिना लगाम का घोड़ा दौड़ थोड़े ही जीत सकता है?" चिंटू और मोना अपने पिताजी को उचित ही मानती थी। हाँ, घर की गरीबी पर कई बार उन्हें भी बुरा लगता था, पर पिताजी को कभी भी बुरा नहीं सोचा। वो दोनों चुपचाप ज्ञान की बातें सुनती रहीं। बातें रामायण से निकल कर महाभारत के प्रकरण पर आ गईं कि कैसे पांडवों ने वनवास और अज्ञातवास काटे। कि संसाधन नहीं होना उनके संकल्प को कमजोर नहीं कर सका। पर सारी बातों के बाद प्रश्न आया कि इस अधर्म के पचास हजार रुपए का क्या करें? पंडित जी को कोई ऑनलाइन बैंकिंग नहीं आती थी। आजकल बैंक भी सुरक्षित जगह नहीं थे। उन्होंने अपना छोटा सा मोबाइल निकाल कर चिंटू को कहा, "बिटिया, चाचा को संदेश भेज दे कि हमें ये वाले पैसे नहीं चाहिए। वो इसे वापिस कर ले।"

"वो वापिस नहीं ले सकते पापा।"

पंडित जी ने आश्चर्य से चिंटू को देखा। सवाल चेहरे पर था- क्यों?

"उनकी तरफ से तो आ चुका। अब आप ही बैंक जाकर वापिस भेज सकते हो। कुछ 5-10 रुपए लगेंगे।"

"यह तो गलत है।" पंडित जी बुदबुदाए। "पैसे ना लेने के भी पैसे लगेंगे?"

"तो ठीक है, इतनी रकम को हम मान लेते हैं कि हमारे पास नहीं है। जब बाजार -बैंक सब खुल जाएगा, तब मैं वापिस भेज दूँगा।"

पंडित जी के बच्चे, चिंटू और मोना, बहुत ही समझदार थे। सिर्फ संस्कार आपको गब्दू बना देती है, समझदारी आपको एक अच्छे रुप में भी ढालती है। हालाँकि पिता के प्रति उनके दिमाग में कोई दोषारोपन का कोना नहीं था फिर भी माँ के पास वो माँ की बातें भी उतनी ही आत्मियता से सुन लेती। जिस घर में बच्चे माँ बाप के बीच सुलह के धागे बनते हैं, सुख शांति रहती है और जहाँ कलह की वजह बनते हैं, अशांति घूमती है। पंडित जी का परिवार समझदार बच्चों की वजह से सही चल रहा था। सुलोचना चाहे कितनी भी चिक-चिक कर ले, पर करती तो परिवार के लिए ही थी। पिता के पास से ज्ञान लेकर बच्चे रसोई में माँ के पास जाकर खड़े हो गए। माँ को बल मिला। "यह देखो, तेल की शीशी। आधी खाली है और इसमें दो महीने चलाना हैं। बाहर बैठ कर रामायण वाचने से क्या होगा? ग्रहस्थी से बड़ा कोई रण नहीं हैं, पंडित जी को कौन समझाए।" सुलोचना ने एक एक करके रसोई में रखे सारे डब्बे दिखला दिए। जी भरकर पति की अक्ल को कोसा और फिर अपनी किस्मत को।   "थोड़े बहुत पैसे जोड़े थे, वो तेरे स्कूल वाले खा गए। कमबख्त मोबाइल पर पढ़ाएंगे और फीस भी लेंगे। अजीब जबरदस्ती है।"

चिंटू ने सुलोचना के कंधे पर हाथ रखकर मालिस शुरु कर दी, "माँ, क्यों परेशान होते हो? अरे सब सही होने लगा है, फिर से स्कूल भी खुल जाएगा और तेल भी आ जाएगा।"

"तेल मैं नहीं पीती, तुम सबके लिए है।" सुलोचना ने नाराज होकर कहा। उसने तेल की माँग अपने हिस्से जोड़ ली थी।

"अरे माँ, अपने लिए ही बोल रही हूँ। अब गुस्सा करने से नहीं आएगा ना? तभी तो मैगी है, ना तेल का झंझट, ना मसाले का। हम दोनो भी खुश !" पंडित जी के घर में मैगी अच्छी प्रतिष्ठा

नहीं पाती थी। "हर नूडल चाईनीज है और हानिकारक भी" का कानून वहाँ लागू था। पर जब मार्च में बंदी हुई थी तो सुलोचना ने ठीक एक दिन पहले जाकर ढेर सारी मैगी, ओट्स, पोहा, चने, गुड़ खरीद लिए थे। पहले एक दिन जनता कर्फ्यू की घोषणा हुई, तभी सुलोचना ने कहा था कि सामान रख लो, विपदा हो सकती है, पर पंडित जी तो अलग ही थे- "हानि, लाभ, जीवन, मरण, यश, अपयश विधि हाथ" बोलकर ज्ञान दे गए, सामान नहीं। "जाहे विधि राखे राम, ताही विधि रहिए" के हिसाब से उन्होंने घोषणा कर दी थी कि जो होगा वो झेलेंगे।

"खाक झेलोगे? तुम तो बाहर धुनी रमा लोगे, हम लोगों का क्या?" सुलोचना ने खरीददारी कर ली और तीन -चार महीनों तक उस फैसले के गौरव में खुश रही। वही मैगी अब साप्ताहिक ही थी। "बेटी, मैं तुम दोनो को बताती हूँ कि संसार के नियम क्या हैं।" सुलोचना ने हाथ अपने आँचल में पोंछा और रसोई की स्लैब पर टिक कर खड़ी हो गई, "जब मुश्किल आए तो लड़ना, जब लड़ना, जीतने के लिए लड़ना और जी जान से लड़ना -यह पुरुषार्थ है। ना कि भजन पर बैठ जाना। धर्म वो है जो भरे पेट वाले के लालच को कम करे, वह नहीं जो आत्महत्या करवा दे।"

चिंटू ने माँ को रोका, "माँ! कहाँ बात खींच रहे हो? अरे बाजार खुल गए, मंदिर भी खुल गए हैं, स्कूल भी खुलने लगे हैं। कहाँ थोड़ी सी तंगी में आत्महत्या, धर्म, अधर्म से जोड़ रहे हो। सब सामान्य हो रहा है। फिर थोड़ी बहुत दिक्कत न हो तो इस महामारी का पता कैसे चलेगा !"

सुलोचना बड़बड़ाती हुई बाहर निकलने लगी, "सही है, मैं तो गँवार हूँ। बाहर बाप ने उल्टी-पुल्टी धर्म की कहानियाँ सुनाई तो चुपचाप सुन लिया, यहाँ मैं सच की सांसारिकता बता रही हूँ, तो

चुप कर दो। सही है, मैं तो कुछ बोलूँ ही ना। मर जाती इस वायरस से, तब पता चलता कि माँ क्या करती थी।"

दोनो बेटियाँ माँ के पीछे भागी। मान मनोबल का कुछ मिनटों का दौर चला और हर बार की तरह तीनों के चेहरे खिल उठे। घर के अंदर की एक जनाना -दुनिया थी जहाँ सुलोचना रानी थी। बेटियाँ बड़ी हो जाएँ तो सहेली बन जाती हैं। थोड़ी देर में मोना भागकर रसोई गई और तेल की शीशी उठा आई, "अरे माँ देखो ये आधा भरा हुआ है।" तीनो तेज हँस पड़े।

गिरिधारी जी के लिए साल 2020 अच्छा ही था। शुरु में डर हुआ था कि पता नहीं कोरोना से क्या हो? उन्होंने घर पर ज्यादा समाचार देखने को मना किया हुआ था। "जितनी बुरी खबरें सुनोगे, उतना ज्यादा डर होगा और जो डरेगा, वो मरेगा।" वो अक्सर घरवालों को यह बोल कर समझाते थे। "भारत में कोई किटाणु कुछ नहीं कर सकता। हमारी इम्यूनिटी मजबूत है।" पर जब दुकान पर उतर कर आते तो मोबाईल में यही सब खबरें पढ़ते और अपने डर को हवा देते थे। मार्च के अंत में, जब सारा शहर लॉकडाउन में फँसा था, डॉ॰ सलीम भी आजाद थे और गिरिधारी जी भी। अस्पताल खुले थे, दवाईयों की दुकानें भी हालाँकि मरीज नहीं थे। यदा कदा आपातकालीन स्थिति वाले मरीज ही आते थे। डॉ सलीम अक्सर दुकान में बैठकर गिरिधारी जी से ज्ञान का आदान-प्रदान करते थे। डॉ सलीम को कोरोना के बारे में नई-नई जानकारियाँ रहती थी और गिरिधारी जी, पुराने मास्टर रह चुके थे। उनके पास सांसरिक ज्ञान काफी था।

"इटली का सुना आपने, लोग यूँ धड़ाधड़ मर रहे हैं।"

"हाँ, यूरोप और अमेरिका वाले वैसे भी कम इम्यूनिटी वाले लोग हैं। ना गंदा शहर, ना आंत ने चखा जहर। अरे यहाँ तो हर बच्चा, बड़ा होने तक डेन्गू, मलेरिया, टायफाईड, पता नहीं किस किस से लड़ता रहता है। हम पहले लड़ लेते हैं तो हमारी बाद की बीमारियाँ-अल्जाइमर, पारकिनसन वगैरह कम है। है कि नहीं?"

"हो सकता है। फिर इटली में लोग बूढ़े भी बहुत हैं। मतलब, जो मर रहे हैं, वो सत्तर, अस्सी साल के हैं।"

गिरिधारी जी हँसे, "इतनी उमर पर तो यहाँ घरवाले अस्पताल भी ना ले जाएँ। बाऊजी तो जी चुके अपनी जिंदगी-बोलकर मंदिर में थाल चढ़ा देंगे।"

"अपने यहाँ भी धीरे-धीरे बढ़ ही रहा है।"

"अपने मरकज नहीं किया?" गिरिधारी जी ने चुटकी ली।

"किया होता तो यूपी पुलिस के पास नहीं पड़ा होता। वैसे कोई ना कोई बानक तो बनना ही होता है भैया। इस बार मरकज वाले फँस गए। सुना है पंजाब में भी किसी ने ऐसा ही कुछ किया है।"

"धर्म तो अंधा होता है सलीम साहब ! जो मौत के डर से रुक जाए, फिर तो मिल लिए अल्लाह ।"

"ये तो इश्क के लिए कहते हैं।"

"धर्म भी उन्माद है, इश्क भी उन्माद है। जो शांत दरिया सा बहे, वो बेजोश है, बेकार है।" गिरिधारी जी ने सिर झुका का इरशाद किया, और डॉ॰ सलीम हँस पड़े।

"सारे शौक निकल कर आ रहे हैं।"

"डॉ॰ साहब, क्या पता आत्मा निकल ले इस बार? इसीलिए शौक पूरे कर लेने में ही अकलमंदी है।" दोनो ने बातें की, मजाक, चुटकुले, एफिल टावर खरीदने की योजना और इटली में घर खरीदने की बातें.................इन सबसे मन हल्का हो गया।

"जो सच में मर गए तो?" गिरिधारी जी ने शांत होकर पूछा।

"तो क्या? जो बच गए तो अल्लाह का करम, मर गए तो अल्लाह के करीब हैं- डरना कैसा?"

"अरे, डरना हमेशा अपने लिए नहीं होता है, पीछे छूटे लोगों के लिए भी तो चिंता होती है। आप बताईए, मरने के बाद क्या सरकारी 20-30 लाख की उम्मीद पर सकून से बैठेंगे अल्लाह के

पास। मैंने तो कुछ पॉलिसी ले ली है। ताकि घरवालों को आर्थिक तंगी ना हो।"

"आर्थिक तंगी??" डॉ॰ सलीम हँसे, "भाई इतना मोटा व्यापार है और तुम्हारा लौंडा जवान है। फिर भी तुम्हें आर्थिक तंगी की चिंता है? उनकी पीढ़ी तो बिना कमाए भी खा लेगी।" "ना भाई, मेरा भरोसा नहीं, वैसे लड़के का भी नहीं। मैंने तो ले लिया, एक करोड़ का आप भी ले लो। सुना है डॉक्टर ज्यादा निकल रहे है।" गिरिधारी जी ने ऊपर देखते हुए कहा।

"हमें कुछ नहीं होना हुजूर। इतना बड़ा देश है, कोरोना कहाँ मुझे ढूंढ पाएगा?" खैर चर्चा हल्के दिल की थी, पर डॉ॰ सलीम ने भी पॉलिसी ले ली। डायरी भी बना ली और कहाँ क्या जोड़ा, लिख दिया। रोज नम्बर थोड़े -थोड़े बढ़ रहे थे और लॉकडाउन भी। रिस्क लेना ठीक नहीं था। मार्च २॰२॰ के लॉकडाउन ने गिरिधारी जी की जिंदगी बदल दी। घर तो पहले ही बड़ा हो गया था, अब पैसे वाला भी हो गया। मास्क, सेनिटाइजर और बाद में कोरोनिल, जो जितने में बिक सका, बिक गया। वो अक्सर हँस कर कहते "डॉ सलीम, प्रधानमंत्री जी तो कह ही रहे थे-"आपदा में अवसर पैदा करो," वही कर रहा हूँ। आखिर यह पैसा देश के ही तो काम आएगा।" गिरिधारी जी की व्याख्या अलग ही थी। "देखो, मैंने पैसे वहाँ से लिए, जहाँ फालतू थे या निकाले जा सकते थे। अब मैं इसका क्या करूँगा? जमीन लूँगा तो सरकार को रजिस्ट्री, दाखिला-खारिज के पैसे दूँगा। घर बनाया, तो मजदूरों को रोजगार दूँगा और घर में झूमर लगाए तो जी एस टी दूँगा।" वो अपने व्याख्यान पर खुद ही हँस पड़ते थे। डॉ॰ सलीम, जो कि प्रधानमंत्री के धुर विरोधी थे, बहस से बचते रहते थे। उनके बूढ़े अब्बा ने समझाया था, "शोर-गुल करना तुम्हारे ओहदे के खिलाफ है। डॉक्टर को राजनीति से कोसो

दूर होना चाहिए।" अक्सर वो इन सलाहों को मानते थे, पर कई बार, खास करके गिरिधारी जी के उकसाने पर, बहस में उतर भी पड़ते थे। जब मार्च में थाली बजाने का कार्य देश भर में हुआ, डॉ सलीम कई दिनों तक मजाक उड़ाते रहे। "कोरोना रुक नहीं पाया। सिर्फ थाली बजाने से कुछ हुआ नहीं। गिरि भाई, नाच कर भी देख लेते। क्या पता, कृपा वहाँ छिपी हो?" "जलील कर गए हम सबको, बाहर के मुल्कों में लोग हँसते होंगे, गंवार जाहिल कहते होंगे।" "यह सब वोट का चक्कर है। थाली पीटो और बैगपाईपर के पीछे चल पड़ो।" पर गिरिधारी जी राजा की मुरीद प्रजा थे। उन्होंने इटली का विडियो ढूंढ निकाला, जिसमें लोग अपनी अपनी बालकनी में खड़े, गाना गा रहे थे, बर्तनों पर संगीत की कोशिश कर रहे थे। "यह वाला भी गँवार बोल दो। गोरी चमड़ी पर तो "कूल" लग रहा होगा ना? भाई, मौत सामने खड़ी हो तो क्या करें? सबसे अच्छा उपाय है कि हँस दो। एक बार को तो मौत को सदमा लगेगा ना कि क्यों हँस रहा है, बाकि जो होना है वो होना ही है।" "पिछले साल तो तुम इसी प्रधानमंत्री को कोस रहे थे, जी एस टी और बाकी पचड़ों के लिए। इस साल इतनी तहजीब कैसे आ गई?" डॉ॰ सलीम ने हँसते हुए पूछा।

"पॉलिसी को कोस रहा था, प्रधानमंत्री को नहीं, नोटबंदी, जी एस टी.........सब जिसमें देश को पैसा मिलता है, वो कहाँ से मिलेगा? हमारे जैसे उभरते बिजनश-मैन से। कोसूँगा तो सही, पर इस बार तो उन्होंने ही नैया पार लगाई है। आप सोचो, 130 करोड़ लोग, जो नाक में अंगुली डाल कर, अंगुली पैंट में पोंछ लेते हैं। जो सड़को पर थूकते भी हैं, सड़क के किनारे सूसू भी करते हैं, उनको मास्क पहना दिया। मोदी जी का मैजिक था, लोग वो कर गए जो असंभव सा था। कितने मरे? गिनती के। वहाँ टीवी पर देखो, इटली, अमेरिका, इग्लैंड.........गिनती ही नहीं है।"

"गिरि भाई, यह मोदी -मैजिक नहीं, वायरस-विश है। वायरस की मर्जी है, कहाँ क्या करेगा, हम लोग पहले से ही मिट्टी -दृटी में खेत कर बड़े हुए हैं, हमारी रोग रोकने की ताकत ज्यादा हैं। शायद इसी से बच गए।"

"मतलब, लॉकडाउन बेकार था?"

"नहीं बेकार तो नहीं था पर वह स्थिति के हिसाब से" नेचुरल रिस्पाँस" था, जादू नहीं। किस्मत ने साथ दे दिया तो बच गए।"

"मतलब अगर तबाही होती तो प्रधानमंत्री को दोष नहीं जाना?"

"क्यों नहीं? वही इंचार्ज हैं।"

"क्रेडिट नहीं जाएगा, दोष पूरा जाएगा। सलीम भाई, यह गलत नहीं हैं।" डॉ सलीम थोड़ी देर चुप हो गए। बहस बढ़ेगी तो हिंदू-मुस्लिम, सी ए ए और एन आर सी होती हुई राम मंदिर तक जाएगी। क्या फायदा?

"अरे गिरि भाई, आप मान लें ना कि मैं कांग्रेसी हूँ। मैं उनकी प्रशंसा नहीं करूँगा, चाहे वो मुझे सी पी आर भी दे दें।" गिरिधारी जी अब भी ऐसी आधी-छूटी बहस से वापिस आते तो बचा हुआ ज्ञान अपने पिताजी के पास ही निकालते थे।

पिताजी को बेटे का बात करना पसंद था, मुद्दा कोई भी हो। उनकी आखिरी में एक ही सलाह होती थी, "बेटा, मिट्टी के लिए लड़ना सौभाग्य होता है, पर राजा से लड़ना दुर्भाग्य। जब रोम में जाओ तो वही करो जो रोमन कर रहे हैं।" इन सबके बाद भी गिरिधारी जी को डॉ सलीम का साथ पंसद था। उनके पास नई-नई खबरें होती थी, मजेदार, खुफिया वाली। वो खबरें जो बी बी सी पर आती हों और जी टीवी पर पहुँची ना हो। अमेरिका के चुनाव से लेकर पाकिस्तान की संसद तक की खबर डॉ सलीम के पास होती थी। कोरोना पर भी उनकी जानकारी तंदुरुस्त रहती थी। मार्च-अप्रैल में वो हर महीने अलग अलग बातें बताते। पहले कहा कि भारत गर्म प्रदेश है। सिंगापुर का रिसर्च कहता है कि गर्मी में कोरोना खत्म हो जाएगा। इसीलिए हम वैसे ही सुरक्षित हैं। लॉकडाउन तो जबरदस्ती जीत का जश्न मनाने के लिए है। फिर अप्रैल के अंत में नई बात आई के वायरस चायना-मेड है। यह उनका जैविक हथियार है और यह बनाया ही यूरोप -अमेरिका के लिए है। हमारा कुछ नहीं होना। पर जब भारत के आंकड़े भी धीरे-धीर बढ़ते गए तो मई-जून में डॉ सलीम ने "सत्तर की उम्र और गुर्दे की तकलीफ वालों में ही मौत होगी" की भविष्यवाणी कर दी। अगस्त होते होते उम्र घटकर साठ हुई और मौत का खतरा बढ़कर सांस के रोगी, मोटापा, सुगर तक आ गया। गिरिधारी जी तो मुँह खोलकर विज्ञान सुनते रहते। उन्होंने भी कोरोनिल, हाइड्रोक्सी क्लोरोक्वीन, जिंक और अज़िथ्रो की टेबलेट घर में रख रखी थी और खुद आईवरमेक्टीन खा रहे थे। पर सितम्बर होते होते चीजें सामान्य होती गई। आम व्यापार लौटने लगा और कोरोना का फायदा उनकी दुकान से दूर चला गया। फिर भी इतना जमा हो गया कि एक जमीन और ली जा सके।

गिरिधारी जी का बेटा शंकर शुक्ला अपनी उम्र के हिसाब से चल रहा था ना के बाप की मर्जी से। पढ़ाई-लिखाई में कभी अव्वल रहा ही नहीं। माँ बी ए पास थी पर गिरिधारी जी, एम एस सी, बी एड किए हुए पूर्व अध्यापक रह चुके थे और जान चुके थे कि ज्यादा पढ़ना आपकी स्वच्छंद विचारधारा, खतरा मोलने की प्रवृति, भारी मेहनत करने की रजामंदी, सबको तहस नहस कर देता है। वो अक्सर इस मुद्दे पर कहा करते थे, "हमारे सिस्टम में समस्या है।" पढ़ाई, पहले से लिखी किताब जाती है और उम्मीद हम नए आविष्कार की करते हैं। आदमी का दिमाग, कोर्स, होमवर्क, नम्बर, पास, फेल में ऐसा फँस जाता है कि वो ऊपर उठकर कुछ नया सोच ही नहीं पाता। हम सब घर में तेंदूलकर चाहते हैं लेकिन दसवीं का टॉपर भी हो। जब मैं मास्टर था तो मेरा क्या नजरिया था कि कितने नम्बर आए? अगर सौ से अस्सी आ गए तो बच्चा होशियार है वरना गँवार। एक थी, जिसको शायद कुछ समझ ही नहीं आता था, नम्बर आते थे बीस-बाईस बस। और उसमें से भी पाँच नम्बर अच्छी लेखनी के थे। मोतियों जैसा लिखती थी, पर इस हुनर पर तो पाँच ही मिल सकते थे। उसका पिता सरकारी मुलाजिम था, कोर्ट में। उस पर मैंने खूब मेहनत की, अलग से पढ़ाया, नोट्स बनवाए, सब किया। नतीजा? उसके पचपन नम्बर आ गए लेकिन लेखनी का कुछ भी नहीं था। उसकी लेखनी भी मकोड़े जैसी हो गई थी। मुझे बड़ा अफसोस होता है अब कि मैंने एक उपस्थित हुनर को मार कर दूसरे रास्ते में दौड़ा दिया। कौन -सा वो कलाम बन जाएगी, बस बारहवीं पास कर ले, फिर माँ बाप ने ब्याह करवा देना था। पर उस समय मैं भी खुश था और उसका पिता भी। देखो, लेखनी के एक्सट्रा के बिना इतने नंबर आए हैं। पर आज समझ आ गया कि अंग्रेज लोग हेड लेस चिकन किसको कहते हैं? हम सब हेट लेस ही तो हैं। माँ-बाप पता करते है कि बच्चा किस विषय

में कमजोर है फिर उस विषय का ट्यूशन लगा देते हैं। इससे हम सर्वगुण सम्पन्न विद्यार्थी बना पाते हैं पर औसत वाले। बल्कि बच्चा जिस विषय में खास हो उसका ट्यूशन होना चाहिए ना। गिरिधारी जी यह सब ज्ञान दो ही जगह देते थे, एक अपने पुलिस वाले मित्र को और दूसरा अपनी पत्नी रिंकी को, जब वो दोनो अकेले बात कर रहे होते थे। अपने लड़के के लिए उनके दिमाग में कोई धुंघ नहीं थी। "ये कारोबार, ये दुकान ही तो चलानी हैं। मोटा-मोटा पढ़ता रह और ज्यादा ध्यान यहाँ के काम-काग पर दे।"

शुरू-शुरू में रिंकी कहती भी थी "मास्टर का बेटा तो है ना, अच्छे नम्बर भी नहीं ला पा रहा । लोग क्या कहेंगे?"

"ज्यादा नम्बर लाकर मास्टर बनेगा? अरे बिजनेस सम्हालना है इसको। हमारी दुकान में डॉक्टरी से दस गुणा फायदा है। डॉ सलीम की सैलरी से कम से कम दस गुना मुनाफा है। और लफड़ा भी नहीं। उनको दिन-रात मरीज की सिरदर्दी है, नाईट इयूटी, रात में भाग -भाग कर आना है। हमें क्या? एक बार सटर डाउन तो अगले दिन खुलेगा।"

"पर नाम तो है?"

"नाम ! नाम तो समाज में हर किसी का होता है जो पिसता हुआ दिखता है। हमारा समाज सैडिस्ट है। कोमेडियन को फूहड़ मानता है और चुपचाप साधना में बैठे साधू को ज्ञानी। सच में देखो तो ज्यादा मेहनत किसमें है कॉमेडी में। ज्यादा समाज के लिए हितकारी कौन है- कोमेडियन। अभी फौजियों और शहीदों पर कितने नेता लोग भाषण दे रहे होते हैं, पर दूर-दूर से। अपना बच्चा तो पॉलिटिक्स में ही भेजते हैं। अरे समाज का कुछ नहीं हैं। जिससे काम पड़ेगा हम उसको बाप नहीं बना लेते। अप्रैल, मई का याद

करो, मोहल्ले में लोग सफाई कर्मचारी और कूड़े वाले पर फूल नहीं फेंक रहे थे ! तुम हमारे रक्षक हो, शान हो, भाई हो, पता नहीं क्या-क्या? अब अक्टूबर ही तो चल रहा है। उनको बुला कर कोई चाय भी नहीं पूछ रहा। तब कोरोना था तो डर था। अब कोरोना घट गया तो हम वापिस अपने असली चोंगे में आ गए।"

रिंकी की खासियत थी कि अंत पता होने पर भी वो हर बार थोड़ा बहस तो करती ही थी। उसे भी पता था कि गिरिधारी जी अब मास्टर नहीं रहे। नैतिकता, संस्कार, सुगमता और ऐसे ही कई सारे शब्दों को उन्होंने त्याग दिया था और मुनाफा, विस्तार, व्यवसाय आदि पर केंद्रित थे। खैर यह सब ज्ञान सिर्फ बेटे के लिए था, बेटी को तो पढ़ना था। वो जहाँ जाएगी, पढ़ी-लिखी, संस्कारी, मास्टर की बेटी की तरह जाए। गिरिधारी जी बेटी वणिता को पढ़ाने के लिए कोई कमी नहीं रखना चाहते थे। "इसे दुकान पर नहीं बैठना है। बेटी घर के संस्कार का एफिडिफिट होती है। नाक होती है।" गिरिधारी जी के अरमान और तर्क के साथ शंकर खुश था। आदमी को पता हो कि वर्तमान में ज्यादा मशक्कत नहीं करनी है और भविष्य चमक रहा है, तो उसके ऊपर भी चमक आ जाती है। इंसान के मुर्झाने के लिए वर्तमान की परेशानियाँ जितनी जिम्मेदार होती हैं उससे कहीं गुना ज्यादा भविष्य की अनिश्चितता। वर्तमान के लिए पुरूषार्थ है, भविष्य के लिए क्या है? बस इसी चिंता से परे, शंकर ने अपने लिए खुशनुमा संसार बसा रखा था। घर में वह एक गंभीर सा दिखने वाला लड़का था, जो ज्यादा बातें नहीं करता था, पर घर से निकलकर जब वो अपनी बाइक पर दूर चला जाता तो अलग हो जाता था। दोस्त भी इंतजार में मिल जाते और चाय, बीयर, कभी-कभी सिगरेट, सब हँसी के साथ घुलती रहती थी। जेब में हमेशा रूपए होते थे, यह हुनर शुक्ला जी के लिए वंशानुगत हो गया था। हर परिस्थिति में भी फायदा ढूंढ लेना। जिस अप्रैल

से अगस्त तक में गिरिधारी शुक्ला जी ने आपदा में अवसर ढूंढते हुए लाखों बनाए, शंकर ने भी एक-दो लाख अपने लिए दबा लिए। साथ में लगभग दस लीटर सैनिटाईजर, पचास मास्क भी। उसके पास बिना मोल उस अनमोल सैनिटाईजर को बांटने का कारण था। दो साल यानि 2018 के अक्तूबर में गरिमा के पिताजी को दिल्ली से वापिस बरेली भेज दिया गया था। जो कैंसर लीवर में फैल चुका, उसका कोई ईलाज नहीं था। "घर पर सेवा कीजिए" सुनकर गरिमा के पिता, सूरज दूबे वापिस अपने घर पर आ गए थे। अब सेवा करनी थी और इंतजार करना था। पहली बार उसी महीने में गरिमा की मुलाकात शंकर से हुई थी। दवाई की सबसे बड़ी दुकान, सवेश फार्मेसी पर वो बहुत सारी दवाईयाँ लेने आई तो शंकर ने हाल-चाल, कारण सब पूछ लिया। "यह तो बड़ी मुश्किल स्थिति है। आप बार-बार इतनी दूर कैसे आ पाओगे? दवाईयाँ मुझे मैसेज कर देना, मैं भिजवा दूँगा।"

"बड़ी मदद होगी यह तो।" गरिमा ने खुश होकर कहा था। उसका घर वहाँ से दस किलोमीटर दूर था और दिन में तो फिर भी रिक्शा मिल जाए, रात-शाम में बरेली में कुछ भी नहीं मिलना था। उसने धन्यवाद के लिए नजरें उठायी तो हम उम्र नजरों ने बता दिया कि यह सुविधा हर किसी के लिए नहीं है। "आप बिल भेज देना, और डिलीवरी का क्या चार्ज होगा भैया?" गरिमा ने मुस्कुरा कर पूछा और भैया शब्द तो अलग ही अल्हड़पन में लिपटा हुआ था।

"कोई चार्ज नहीं है, हम लोगों का उधर आना-जाना होता रहता है।" शंकर ने धीरे से कहा, "बस भैया मत कहना यही चार्ज है।" और इस तरह वर्तमान और भविष्य की चिंता से दूर हो चुके शंकर को करने के लिए काम मिल गया। वो खुद दवाईयाँ देने लगा।

पहले हफ्ते -हफ्ते यह सिलसिला चला, लगभग एक महीना, फिर हफ्ते में दो-तीन बार एक और महीना। बस दूबे जी भी इतने ही चल पाए। उनके बाद सिलसिला हर दूसरे दिन पर आ गया। दूबे जी के घर में उनके अलावा गरिमा और उसकी माँ, यही दोनो प्राणी थे। दूबे जी के मौत की खबर पर शंकर ने अपने दोस्तों को भेज कर सारा इंतजाम करवाया, शाम में खुद भी परिवार में गया और घर आकर उसने घोषणा कर दी, "मेरे सिर में बहुत खुजली हो रही है, लगता है बालों की जड़ें जल गई हो। मैं गंजा हो जाता हूँ।" जनवरी की ठंड में इन दलीलों के साथ वो गंजा हो गया। यह एक श्रद्धा- सुमन था जो वो गरिमा के सामने, उसके पिता के अवसान पर चढ़ा आया। प्यार में बस एक ही वो पल चाहिए होता है जहाँ आप नम्बर मार जाते हो। हमेशा किया हुआ अनोखा काम तो उतनी महत्ता नहीं पाता। शंकर ने बाजी मार ली और उसकी बाईक की पिछली सीट पर गरिमा विराजमान होने लगी। दोस्तों ने उसका नाम गौरी रख दिया। "तुम शंकर, मैं गौरी........." दोनो खुश। और यह सब गिरिधारी जी की जानकारी में बिल्कुल भी नहीं था। वैसे भी प्यार बिना तीन चीजों के अधूरा रहता है- मेहनत, पर्दा और परेशानी। मेहनत वो कर चुका था। और तभी दोनो का मिलना पर्दे में था। लॉकडाउन के शुरूआती दिन सबके लिए कठिन थे पर शंकर के लिए हद से ज्यादा। रोज की आदत, या कहें कि लत उसे परेशान करती पर अप्रैल 2020 में टीवी पर रोज ही पुलिस के डंडे चलते दिखते थे और कान में प्रधानमंत्री की आवाज गूँजती, "बाहर निकलना क्या होता है, भूल जाइए।" जैसे-तैसे तीन हफ्ते कटे तो लॉकडाउन और बढ़ गया। इधर कोरोना केस का नम्बर भी अपनी तसल्ली वाली रफ्तार से बढ़ रहा था, उधर लॉकडाउन भी। पर दवाई दुकान को छूट थी। फिर पासवान जी ने एक कागज भी तो बनवा दिया था- "जरूरी सेवाएँ," जिसको बाईक पर चिपका कर शंकर

दवाई देने कहीं भी जा सकता था। वो गली में जाकर गरिमा को छत पर देख सकता था। फोन पर बातें करके उसने क्या-क्या देखा, बता सकता था। उसने कुछ मास्क उस समय गरिमा को दिए जब मास्क के लिए लोग जान दे सकते थे, "डॉक्टरों के पास भी नहीं है। वो भी कपड़े का मास्क पहन रहे हैं। यह वाला असली एन-95 है। संभाल कर रखना।" गरिमा का कहीं आना जाना था नहीं, तो मास्क संभालना ही था। कभी-कभी लगाकर आइने के आगे खड़ी हो जाती तो कई बार उसे पहन कर छत पर आ जाती। छत पर देख कर शंकर को मास्क की कीमत मिल जाती थी। खैर मार्च से मई, फिर जून- जुलाई। लॉकडाउन बढ़ता रहा और शंकर के लिए गरिमा दूर-दर्शन की चीज ही रही। मोहल्ले वालों ने भी हर जगह बैरिकेडिंग कर दी। शंकर को अपनी गौरी तक पहुँचने के लिए कई बाधाओं को पार करना पड़ता था। घर पर गिरिधारी जी, जिसे वो दवाई डिलीवरी के बहाने का जिक्र करता तो उनका एक ही जवाब होता था, "लड़के को भेजा कर, जो मजदूरी करता रहेगा तो अच्छा मजदूर ही बन पाएगा। मालिक बनने के लिए मालिक वाले काम पर ध्यान लगा। गल्ले को संभाल।" वहाँ से निकलता तो पुलिस, मोहल्ले की बैरिकेडिंग, छत से झांकते लोग और यह सब पार करके आखिरी में गौरी के घर का अभेय दरवाजा ! गली में पानी या किसी बहाने रूक कर छत पर खड़ी गौरी को देखता और बातें तो लगातार ही चल रही होती थी। शंकर हेलमेट में ही मोबाइल फँसा लेता था। "यह कब खुलेगा?" गरिमा अक्सर पूछती, "हम दुबारा घूम भी पाएंगे या यूँ ही बातें करते करते जीना है। मोदी जी को क्या पता हमारे कष्ट का?" "सही बात है। यहाँ लोग साथ मरने को तैयार हैं, आप साथ जीने भी नहीं देना चाहते।" शंकर हँसा। सिर्फ यही एक जगह थी जहाँ शंकर एक मजाकिया रूप रखता था। "इतनी चिंता लोगों को जान की नहीं हुई, जितनी सरकार कर रही

है। जो जहाँ है वहीं बंद है। तुम तो फिर भी रोज बाईक पर घूम लेते हो, बाकी लोगों का क्या? माँ तो छत पर भी कम ही आती है।" "वो तो ठीक ही करती है।" शंकर हँसा।

"चुप रहो। मुझे कई बार चिंता होती है कि डिप्रेशन में ना चली जाए। चैबीस घंटे तो टीवी पर सिर्फ मनहूस खबरें ही आती है। अरे, कोई समय बांध दे सरकार, कि रात 9 से 11, गंदी, मनहूस खबरें चलेंगी। बताओ, एक सुबह मैं उठी तो माँ टीवी देख रही थी। इटली में कैसे ताबूत लाईन में रखे हैं। ऐसा नहीं लगता कि हम सब मुर्गी हैं और चिकन की दुकान के आगे, पिंजड़े में बंद इंतजार कर रहे हैं !"

"ऊपर से नवरात्रे भी खत्म हो गए हों।" शंकर ने हँस कर कहा, "चिंता मत करो। अपनी दुकान में डिप्रेशन की भी दवाई होगी। ठीक होते होते मम्मी भी पट जाएगी। मैं उनको रोज शाम, पर्सनली, देखने आऊँगा।"

"जी नहीं। इतनी सेवा की जरूरत नहीं है। कहीं उन्होने तुम्हें अपना बेटा बना लिया तो? या फिर ऐसा भी हो सकता है कि तुम सेवा करोगे ही तो मैं गाँव चली जाऊँगी।" गरिमा मुस्कुरायी।

"वो तो तुम देख लेना, मैं तो वशीकरण वाला ताबीज बांध कर आऊँगा। तुम रहे तो अति उत्तम, गाँव गए तो भी चलेगा। जब आओगे तो क्या पता तुम्हें नए पापा मिल जाएँ।"

बातों में प्रेमी जन जीतते नहीं आनंद लेते हैं। उनकी हल्की-फुल्की शरारत भरी नोक झोंक चलती रहती थी। प्रेम में दूरी का यही आनंद है, जब आप नजदीक होते हो और बिना बंदिश के, तो प्रेम अंधा हो जाता है, हर उस रस के लिए जो मन को बाद में गुदगुदा सकती है। जब दूरी होती है तो हर रूप में वह चमकता है,

आनंद देता है। "जो तुम तक ना पहुँची बाहें मेरी, निगाहें, दीदार, लफ्ज, अहसास सब गुदगुदाते रहे।"

"अच्छा सुनो ना ! तुम मेरे बारे में बात करो ना।" हँसी गायब करके गरिमा ने कहा। उसे पता था कि शुक्ला जी का परिवार आर्थिक और सामाजिक स्थिति से काफी बेहतर था। यह भी पता था कि घर पर आदमी ना हो तो डोरे डालने मोहल्ले के सारे लड़के आ जाते हैं, बाप तो मिठाई पर रखे जाले के जैसा होता है- खूशबू फैल सकती है पर मक्खी बैठ नहीं सकती। ऐसे में क्या पता शंकर प्यार भी करता है या वैसे ही समय निकाल रहा हो?

"मम्मी को छत पर बुला लो, अभी बात करता हूँ।" शंकर को पता था कि उसकी गौरी किससे बात करने को कह रही थी, पर उसने चुटकी ली।

"अपने घर ! माँ से तो मैं बात कर लूँगी।"

"माँ मान जाएगी?"

"हाँ ! तुमसे बेहतर नहीं ढूंढ सकती हैं वो। वैसे भी वो तुम्हें पंसद करती हैं। पर तुम्हारे घर पर?"

"चिंता मत करो। मैं मना लूँगा।"

"क्या मना लोगे, अभी तक बताया भी है कि दुनिया में गौरी भी है? कहीं पार्वती नाम की कोई ढूंढ ली तो?"

"तांडव कर दूँगा। चिंता मत करो, जो तुम्हें मास्क दे सकता है, वो कुछ भी कर सकता है। कोरोना के जाते ही बात करते हैं।"

"ना माने तो?"

"तो राजेन्द्र के माँ-बाप को मना लूँगा। वो सीधे-साधे हैं। अरे जब कह रहा हूँ कि मैं बात कर लूंगा तो मान लो ना। इतना तो भरोसा रखो। और नहीं हुआ तो बाईक है ही अपने पास।" "मैं क्यूँ भागूँ? मेरी माँ तो मान जाएगी।"

"तो मैं यहाँ सिफ्ट हो जाऊँगा। फिर यहीं दुकान डालेंगे, दवाई की।" इन सारी बातों का सार यही था कि ना शंकर को अपने भविष्य पर शक था ना गरिमा को शंकर पर। बस कोरोना के जाने का इंतजार था। इन बातों को भी चार महीने से ज्यादा हो गए थे।

सितम्बर में लॉकडाउन वैसा नहीं था, जैसा मार्च में था। बरेली सामान्य हो चुकी थी और शंकर ने फैसला कर लिया था कि वो गिरिधारी जी से बात करेगा।

"पापा.............मेरी दोस्ती है एक............."

गिरिधारी जी पके हुए आदमी थे, मंजे हुए मास्टर और खिलाड़ी किस्म के व्यापारी। उन्होंने हँस कर बात काट दी। "आजा, छत पर चलते हैं। मुझे भी कुछ बात करनी है।" इकरारे मोहब्बत तो झटके से होता है, धीरे-धीरे से व्यक्त करने की चीज नहीं। जिस ज्वार को दिल में सुबह से जमा करके शंकर ने मुँह खोला था, वो ज्वार नीचे आ गया। वो चुपचाप, पीछे-पीछे छत पर चढ़ गया। "तू मेरा खून है बेटा। आधा हिस्सा मेरा। तेरे मन में क्या चलता है इसकी भी लगभग 50 प्रतिशत जानकारी मुझे रहती ही है। अभी कितनी उमर है तेरी, 19 साल। और भारत में शादी कब होती है-औसतन, पढ़े-लिखे लोगों में? 27-28 साल। चल, मैं पढ़ाई का बड़ा मुरीद नहीं हूँ तो पच्चीस पकड़ ले। अब क्या है कि तेरे तथा-कथित आकर्षण या प्यार के दो साल मैंने और कम कर दिए, तेईस साल। तो अगर तू बाईसवें साल में भी इसी लड़की से आसक्त रहेगा, मैं तेरी सगाई करवा दूँगा और तेईसवा साल होते होते शादी। कैसा है प्लान?" शंकर पर मानो ठंडा पानी पड़ गया। कहाँ वो जोश, बहस और अपनी जिंदगी -वाले डायलॉग याद करके आया था, यहाँ गिरिधारी जी ने एक साफ सुथरा बिजनेश प्लान पकड़ा दिया।

"आप एक बार मिल.............।"

"ना बेटे ! तेरा आर्कषण है, कल दिन दूसरी जगह दिल आ जाए तो या लड़की ही भाग जाए तो? मेरे मिलने के बाद तो तुम्हारी आजादी चली जाएगी। फिर तुम चाह कर भी नहीं छोड़

पाओगे। परिवार की नाक होती है, तुम्हारा क्या है?" थोड़ी देर छत पर खामोशी रही। फिर शंकर ने कहा, "हमारी आर्थिक स्थिति अलग-अलग है।"

"मास्टर था मैं पहले, व्यापारी अब हुआ हूँ। हमें, दहेज नहीं चाहिए। लो-यह मसला भी हल। लड़की चाहे भिखारी हो पर जब घर आ जाए तो हमारे घर की हो जाए। अरे तेरी शादी का सारा खर्चा भी मैं दे दूँगा, लेकिन दो हजार चैबीस में, जब तू तेईस साल का हो जाएगा।"

शंकर ने होठों को अंदर खींच कर हाँ में सिर हिलाया। डील अच्छी थी, उम्मीद से कहीं ज्यादा।

"लेकिन शादी तक संयम से रहना होगा। जगहँसाई हुई तो मैं कहीं और चिपका दूँगा तुझे। दोस्त ही रहना, ध्यान रखना।" गिरिधारी जी ने गंभीर स्वर में कहा।

"पापा, घर की नाक नहीं कटेगी। वादा है।" शंकर धीरे से बोल कर, मन ही मन खुश होता हुआ नीचे चला गया। सीढ़ी के पास, कोने में खड़ी माँ भी मिल गई। रिंकी भी छिप कर बाप-बेटे की बात सुन रही थी। शंकर ने उससे नजर मिलाई पर कुछ कहा नहीं। रिंकी गुस्से से लाल-पीली होती हुई गिरिधारी जी के पास आ गई।

"इस घर में मुझे रखा ही क्यों है? खाना बनाने और कपड़े समेटने के लिए नौकरानी ही रख लेते।"

गिरिधारी जी मुस्कुरा रहे थे, "वो वेतन भी तो लेती.......... तुम फ्री हो ना।"

"क्या चल रहा है यहाँ? बेटे के भविष्य का नक्शा बना दिया। शादी तय कर दी, वादा फिर रहे हो। अरे माँ भी तो है उसकी जिंदा? मुझे भी तो बता दिया करो।"

"कुछ नहीं किया भई। अरे 19 साल का गर्म खून है। अशिकी में पड़ रहा है, क्या करूँ? रोकने पर लड़ेगा तो मैंने उसे लम्बा सा होमवर्क दे दिया है। वो भी खुश और लड़ेगा भी नहीं। आजकल वो जमाना तो रहा नहीं कि बच्चे को कहीं बांध दो, वो निभा लेगा। फोन है, नेट है, बाईक है। एक पर ध्यान लगाएगा तो गलत संगति से बचा रहेगा। अब दो तीन साल तक कौन सा प्यार चलता है? अपने आप वापिस आ जाएगा।"

"और कुछ ऊँच-नीच कर आया तो?"

"वो तो वैसे भी कर सकता था। मारने कूटने पर जरुर करता। अब कम से कम जिम्मेदारी तो है कि गलत करने पर उसका बाप बिगड़ जाएगा, जो अभी उसकी तरफ है। बच्चे नई जेनरेशन के हैं। जो मुँह खोलकर कह देते हैं कि पापा वो वाली लड़की पंसद है, वो मुँह खोलकर गालियाँ भी दे सकते हैं। मेरी समझ से तो यही ठीक था। तुम बताओ, कुछ अलग तरीका हो तो?"

रिंकी जी कम जवाबों वाली महिला थी, सवाल ज्यादा रखती थी। उसे क्या पता? उसने अपना गुस्से वाला रुप घटाया और नाराजगी से बोली, "यह आपको मुझसे चर्चा कर लेनी चाहिए थी ना। मुझे भी तो पता होना चाहिए घर में क्या चल रहा है। वणिता का कुछ मसला हो और मैं आपसे ना बताऊँ तो?"

खैर, मसला सुलझ गया और गिरिधारी जी खुश थे कि लड़का ना बगावती सुर में आया, ना ही उन्होंने बात बिगड़ने दी। अक्तूबर शुरु हो गया था और कोरोना के केस घटने लगे थे। कोरोना का डर तो पाँच मई से ही कम होने लगा था। गिरिधारी जी अक्सर कहते भी थे, "डर हमारे दिमाग की अवस्था है और कुछ नहीं। जब टीवी पर इटली दिखा तो लोग डर गए, जब ग्राफ दिखा, हरा हरा दानेदार कोरोना दिखा तो दहशत बढ़ गई पर जब पाँच मई से ठेका खुलने लगा, डर भी चला गया और कोरोना भी घटने लगा।" वो अक्सर हँसते भी थे, "मंदिर -मस्जिद बैर कराती मेल कराती मधुशाला।"

डॉ॰ सलीम के विचार थोड़े अलग थे, "इस सरकार की सबसे बड़ी खराबी है कि ये कुछ बताना नहीं चाहती। क्या हो रहा है, क्यों हो रहा है, किसी को नहीं पता। बड़े साहब प्रकट होंगे रात आठ बजे और घोषणा कर देंगे। अरे सच्चाई यह है कि आपने जोश-जोश में लॉकडाउन बोल दिया, पैसे तो हैं नहीं। अभी बड़े साहब बड़ी-बड़ी घोषणाएँ कर रहे हैं। 20 लाख करोड़ आत्मनिर्भर भारत के लिए, 1 लाख करोड़ मजदूरों को............अरे, कहाँ हैं पैसे? दारू से ही आएँगे पैसे। अब मजाक देखो, आप दारू की दुकान पर भीड़ लगा सकते हैं पर पार्क में दौड़ नहीं सकते। शादी में पचास लोग ही आ सकते हैं पर दारू की दुकान पर सैकड़ो मरे पड़े रह सकते हैं। अरे हम लोगों को गँवार समझना बंद करो।"

गिरिधारी जी मन ही मन यही कहते थे, "ये आदमी कितना चिढ़ता है।" जब दुकान पर पासवान जी आते तो पुलिस महकमे की संवेदना लाते थे। वो लोग खुश थे।

"जो दूसरी सरकार होती तो हर तरफ हाहाकार होता। छप्पन इंच का सीना चाहिए था, काम आया। सोच कर देखो शुक्ला जी, यह कोरोना 2010 में होता तो आलू, प्याज, आटा, चावल मिलता?

अरे महामारी में अमेरिका, इटली चिपक गए, और हम दारु पी रहे हैं, और क्या चाहिए।"

गिरिधारी जी अपने दरोगा मित्र की भक्ति से भी आसक्त नहीं होते थे। हालाँकि उनकी सरकारी व्यवस्था अच्छी लगती थी, सरकार को वोट भी देते थे पर अंधे भक्त नहीं कहलाना चाहते थे। जी एस टी और नोटबंदी का उनके काले धन पर भी असर पड़ा था। पहले वो बिना बिल के आधा व्यापार कर लेते थे पर अब अस्सी प्रतिशत लोग मोबाईल से पेमेन्ट देना चाहते थे। काला धन जो पहले जमा था वो कम था, इसीलिए पानी होने का मलाल नहीं हुआ पर अब काला धन आता ही कम था। जो मिला, वो कोरोना काल में मिला। "सुना है पुलिस महकमें के कई लोग मर गए कोरोना से?"

"हाँ, बारह-पंद्रह तो दिल्ली में ही मर गए। अपने यहाँ तो कम मरे। मेरे सगे ताऊ के दो लड़के थे, दिल्ली पुलिस में। दोनो निकल गए। एक हफ्ते के अंदर।"

"कोरोना से?"

"हाँ, और क्या? छः फुटिया पहलवान थे। वो तो कहते भी थे कि वायरस उनका क्या बिगाड़ेगा? पर किस्मत !"

"क्या किस्मत भाई? बेचारे बिना मास्क, गलवस के हर आदमी को रोक रहे थे, कब तक बचते?"

"रोक ही नहीं रहे थे, पकड़ कर लाना गाड़ी में ठूसना, सब.....। अरे जनता इतनी पागल हो गई थी कि एक को कोरोना हो, वो चाहता था कि सबको फैल जाए। पागल लोग रिपोर्ट आते ही बस पकड़ कर गाँव भी भाग गए। अब इतनी बुद्धि भी क्या सरकार देगी?"

"वो तो ठीक है पर तुम्हें नहीं लगता कि सरकार ने बिना तैयारी के पुलिस वालों को झोंक दिया?"

"शहीद होने का मौका था।" राजेश हँसा, "और कौन संभालता? डॉक्टर?"

कितना भी पूछा जाए, राजेश पासवान की भक्ति डगमग नहीं होनी थी। उसकी भी ड्यूटी लगी थी, नोएडा, फिर आगरा फिर बरेली में, पर वो खुश था। जो अपने काम और उसके परिणाम से खुश है वो संतुष्ट जन होते हैं। जिंदगी में मोरलिटी या सिधांत अपने आप भी बनाए जा सकते हैं। जैसे कि सतयुग में श्री राम का अपनी पत्नी सीता को तज देना, उस समय के हिसाब से त्याग था। एक ऐसे सामाजिक सिद्धांत पर जो स्त्री को उपभोग या सुख समझता था और स्त्री की तरफ से नहीं देखता था। समय बदल गया तो सिद्धांत भी बदल गए। अब ऐसे त्यागना गलत ही नहीं गैरकानूनी भी होगा। राजेश पासवान के दारोगई में भी कई स्तर के सिद्धांत लग रहे थे। वो सीधी रिश्वत कम लेता था। पर अगर ट्रक चालक हाथ में पाँच सौ का पत्ता उसके साथ वाले को दे दे और वह धन बंट कर उस तक आए तो उसे स्वीकार था। वा हर कानून को तौलता था, फिर उस पर स्वीकृति या मनाही का ठप्पा लगाता था। और अपने इस तरीके को न्यायप्रिय कहने में उसे झिझक भी नहीं थी। "तुम बताओ शुक्ला जी, दिन में ट्रक रेता ले जाए तो कानूनी और शाम पाँच बजे के बाद गैरकानूनी, यह मजाक नहीं है। अरे इस प्रेशर से कि पाँच बजते ही ढुलाई बंद हो जाएगी, ट्रक वाले बेतहाशा गाड़ी भगाते हैं। और रात में कौन-सी नदी सो रही है। रात में, उल्टा, दुर्घटना कम होगी। ऐसे में मैं क्या जुर्माना करूँ। किसी दिन, किसी बड़े आदमी को यह दिखेगा और फिर रात भी कानूनी हो जाएगी।"

"पर पैसे तो तुम भी लेते ही हो?"

"हाँ। क्यों ना लूँ। देखो, मैंने अगर ट्रक -ट्राले वाले को कहा कि जा भाई, भर ले रेता। तो उसके कितने पैसे बचे, कितने का मुनाफा हुआ? लगभग दो हजार का। अब मैं उसकी जेब में दो हजार डाल रहा हूँ तो पाँच सौ तो लूँगा ही। मैंने लूटा थोड़े ही है, फायदा पहुँचाया है।" ग्लानि, अगर किसी परिणाम के साथ आती हो, तो चेतना पर प्रहार हो सकता है। पर अगर ग्लानि से हम दूर हैं, तो हर परिणाम भौतिक मापदंडो पर ही तो तौला जाएगा। दरोगा पासवान इस सिद्धांत पर कायम रहते हुए सैनिटाइजर और मास्क के व्यापार में भी गिरिधारी जी को बहुत फायदा पहुँचाया था। पर गिरिधारी जी दोस्त थे। वो सीधे पैसे मांग नहीं सका। चाय-नाश्ता और दवाईयों में मानसिक हिसाब चल रहा था। पहले तो रोज ही दरोगा जी बैठे दिख जाते थे, पर अगस्त से उनही ड्यूटी अलग सी हो गई थी। इसीलिए, इस बार पूरे दस दिनों के बाद आए थे। "इस बार तुमने देखा गिरिधारी, सरकार की कार्य-प्रणाली?"

गिरिधारी जी ने कंधा उचका दिया।

"अरे इतनी बड़ी आपदा आई, सरकार ने सरकारी तंत्र को पेल दिया। पुलिस, सरकारी अस्पताल, सरकारी अफसर, बैंक.........सब लगा दिए। प्राइवेट अस्पताल को मौका ही तब मिला, जब बात सरकारी से बाहर हो गई। और प्राइवेट अस्पतालों को भी सरकार ने बता दिया कि बॉस कौन है? फीस भी फिक्स कर दी और रिपोर्ट भी करना पड़ेगा। यह होती है सरकार, कड़क, साफ और दमदार।"

"चाय लोगे, कड़क और दमदार........" गिरिधारी जी हँसे।

"दूसरी," सामने पड़े खाली कप पर नजर डालते हुए दरोगा पासवान जी बोले, "ले आओ, चाय की तौहीन थोड़े ही करनी है?

आजकल तो हर नेता चाय में घुस गया है।" बातों का सिलसिला चलता रहा। पासवान जी के पास खबरों का खजाना होता था। कैसे संसद दुबारा चली और 20-22 नेताओं के कोरोना पॉजिटिव आने पर बंद करनी पड़ी? कैसे चायना हमला करने का सोच रहा है और कैसे ट्रम्प ने बिना पॉलिश कह दिया कि चायना ही वायरस फैला रहा था। गिरिधारी जी के पास खबरें गली, मोहल्ले तक की ही होती थी। इसके अलावा उन्हें अपने धंधे की जानकारी होती थी। पर राजेश पासवान से उन्हें बहुत सारा समाचार मिल जाता था। शायद, इसीलिए वो इंतजार भी करते थे।

"दरोगा जी, ये बताओं कि केस तो बढ़ गए और सरकार अनलॉक पर अनलॉक बोले जा रही है। ये खतरा कम हो गया या पैसे खत्म हो गए?"

"अरे, यहाँ तो किस्मत काम आयी ना ! साहब जब आपके पुजारी हों तो प्रसाद मिलेगा ही। कोरोना से शुरू में लोग मरे जरूर, पर बाद में पता लगा कि ये वाला वायरस हमारे लिए बनाया ही नहीं है। बस, अनलॉक शुरू हो गया। अभी देखो, 130 करोड़ में अगर एक लाख लोग मर भी गए तो भी एक प्रतिशत से कम हुआ। हम लोगों पर कृपा है भाई।"

"वायरस चायनीज निकला, चल नहीं पाया।" गिरिधारी जी हँसे। शाम की चर्चा कुछ देर और चली, फिर दरोगा जी घर चले गए। गिरिधारी जी भी उठ कर सीढ़ियों की तरफ बढ़े। "ऊपर जा रहा हूँ, कस्टमर आए तो बुला लेना।"

अक्तूबर के आखिरी हफ्ते में गिरिधारी जी के पास चिट्ठी आई। उनके भाई, पंडित जी को पत्र लिखने का शौक था। पहले तो उनके बच्चे भी पत्र लिखते थे। गिरिधारी जी के पास अब भी चिंटू और मोना के लिखे पोस्टकार्ड रखे थे। "आदरणीय चाचा जी, सादर चरण स्पर्श........" से शुरू होने वाले पत्र। पंडित जी को पत्राचार हमेशा उत्तम तरीका लगता था, जरूरी बात कहने के। "हम बात को कह सकते हैं या रख सकते हैं। जब आप बोलते हो तो बात कहते हो। वो अगले ही क्षण हवा में घुल जाती है। कुछ मिनटों तक कान में गूंज सकती हैं, फिर वहाँ से भी गायब और कुछ दिनों में दिमाग से भी गायब। बात बहुत कड़वी हो, नीम जैसी, तो लम्बे समय तक चुभती रहेगी। पर जब आप लिखते हो तो आप बात रखते हो। आँखों के आगे, डायरी में, सिरहाने में या चाकलेट में, जहाँ चाहो रखो, जब चाहो पढ़ो।" इसी तर्क पर पंडित जी पत्राचार किया करते थे। दूसरी वजह संस्कार भी थी। लोग पुराने तरीकों को छोड़ रहे थे, पत्र, अब छोटा एस एम एस बन गए, जिसमें शिष्टाचार के लिए जगह ही नहीं होती है, पंडित जी इससे भी दुखी थे। तभी तो बच्चों से भी पत्र लिखवाते थे। पहले यदा -कदा भाईयों के बीच इक तरफा पत्राचार होता था। गिरिधारी जी ने मास्टरी छोड़ी तो पत्रों का जवाब पत्र के रूप में देना भी छोड़ दिया। अब वो फोन ही कर लेते थे। इसीलिए पंडित जी की तरफ से भी यह पत्र पिछले चार सालों में इकलौता था। "प्रिय गिरिधारी, स्नेहाशीष। उम्मीद है तुम्हें यह पत्र उत्तम स्वास्थ्य और सुख की अवस्था में मिलेगा। मुझे प्रसन्नता होती है जब तुम्हें खुश देखता हूँ, तुम्हारे परिवार को फलता-फूलता देखता हूँ। किन्तु इस बार कुछ ऐसा अनुभव हुआ, जो मुझे अंदर तक पीड़ा दे रहा है। तुम्हारा व्यवसाय अब उत्तम नहीं दिखा। मजबूरी और आपदा में जिस तरह तुमने मेरे हित के लिए अपने द्वार खोले, उसी तरह अगर तुम्हारा व्यवसाय भी मुनाफे से परे,

अपने द्वार खोल देता तो मुझे असीम सुख और अकल्पनीय गर्व का अनुभव होता। राजा वो नहीं जो नाम ग्रहण करे, राजा वो होता है जो प्रजा का प्रिय होः संत तो वो नहीं जो लालच ना करें, संत वो होता है जो मोह ना करे। ऊपर वाले की दया से तुम्हारे पास लगभग हर भौतिक सुख -संसाधन मौजूद है, ऐसे में तुम्हारी तरफ पीड़ित समाज एक उम्मीद रखता है- आपदा में मदद की, ना कि अवसर की। प्रिय भाई, सदियों का मानव अनुभव यही बताता है कि गलत ढंग से अर्जित धन मिट्टी हो जाता है। हमें अपने उन संस्कारों पर टिके रहना चाहिए जो हम बचपन से उत्तम पुरूषों के लिए सुनते आ रहें हैं। हालाँकि अब हम दोनो की उम्र, उस बाल्यावस्था से काफी ऊपर हो चुकी है जिसमें मैं हाथ पकड़ कर सिखला सकूँ, और दोनो ही गृहस्थ हैं, फिर भी मैं अपने मन की बात कहने से खुद को रोक नहीं सका। मेरा निवेदन है कि पिताजी से भी इस संदर्भ में सलाह ले लो। तुम्हारे द्वारा भेजी हुई आर्थिक मदद मेरे लिए काफी बड़ा सहारा बनती रही है, पर इस बार मैं यह मदद नहीं ले सकता। तुम्हारे पचास हजार रूपए, मेरे खाते में है, जो तुम्हारे ही रहेंगे। अगली मुलाकात पर मैं इसे वापिस कर दूँगा। ईश्वर से तुम्हारे और तुम्हारे परिवार की कुशल -कामना करता हूँ। आपका जेठ्य"

गिरिधारी जी ने पत्र पढ़कर, उसे मोड़ कर रख दिया और मन में बोले, "हे भगवान, इस भी घी हजम नहीं।" पर मन चिट्ठी के बोझ से ऊपर नहीं आ पा रहा था। थोड़ी देर बाद फिर बुदबुदाए, "गृहस्थी के गूढ़ रहस्य उसे सीखने की जरुरत है। ना जेब में माल, ना बैंक में माल, फिर भी खुशी से नाच रहा कंगाल। बेटियों का क्या? शादी विवाह, पढ़ाई, बिमारी, जो सब राम भरोसे ही रखना था तो पैदा ही क्यों किया? और व्यापार तो बाजार, मांग और आपूर्ति के हिसाब से ही चलता हैं। मैंने कौन सा गरीबों का घर लूट

लिया? जब मांग ज्यादा हो और चीज कम, तो दाम बढ़ने ही हैं। प्रवचन...............।" गिरिधारी जी नीचे दुकान पर चले गए। वहाँ भी मन नहीं लगा। पंडित जी अपना खून थे, सगे भाई। आत्मा जुड़ी हुई थी। उन्हें नाकार नहीं सकते थे। "एक तो मदद की सोचो, तो भाई साहब को अकड़ है। परिवार मान कर कुछ करो तो लानत, ना करो तो समाज में लानत। पागल साला।" वो बुदबुदाते हुए ऊपर आए और अलमारी से पत्र निकाल कर उसके टुकड़े करके कूड़ेदान में डाल दिया। सच ही था, वो पत्र रहेगा तो बात रखी रहेगी।

दूसरी लहर..

राजेश पासवान की ड्यूटी का कोई सिर-पैर नहीं था। वो खुद ही कहते थे, "पुलिस महकमा अब बदल गया है। वो वाला सुख नहीं रहा कि घर बैठे मलीदा खाओ। अब तो पूरे दिन भागने का चक्कर है, गोली खाने का खतरा है। पहले तो गुंडे भी सलाम बजा जाते थे, अब एक पुलिस के दसियों दुश्मन हो रखे हैं। गुंडे -बदमाश भी हमारा एनकांउटर करने को तैयार हैं, जनता भी घेर कर मारती है और ऊपर से अखबार वाले, वकील, नेता सब..........हर बात का विडियो प्रमाण रखना पड़ता है। सबके पास मोबाईल है सबके मोबाईल में कैमरा है.............दो मिनट में शिकायत हो जाती है।"

"एक तो उत्तर प्रदेश को उत्तम प्रदेश बनाने की जिद में सरकार ने पुलिस को घोड़े की तरह दौड़ा रखा हैं, ऊपर से कोरोना भी हमने देखना है। अरे कहाँ मर गए वो आजादी-आजादी और अपने अधिकार चिल्लाने वाले लोग? हमारे अधिकार भी देख लो। जब हमारे एस पी साहब ही तीन दिनों से घर नहीं पहुँचे तो हम कहाँ जाएगे?" अपने कष्ट में भी उन्हें गर्व लगता था। वो रोना तो रोते थे पर सिर ऊँचा करके। "यूँ मान लो कि पूरे देश का बोझ पुलिस के कंधों पर आ गया हैं। वो तो हमारे कंधे हैं ही बैल वाले, सब सह लेंगे। अरे पुलिस ने इस साल क्या क्या नहीं सीखा-संयम, समझदारी, कुर्बानी, मेहनत और सॉफ्ट स्किल.................।"

खैर, अपने काम में ऊर्जावान पासवान जी की ड्यूटी बरेली के बाहरी ग्रामीण इलाके में लग गई। वहाँ के नेता जी, "धर्मवीर साहा", अपने इलाके को लेकर चिंतित थे। नेता जी जीते नहीं थे पर उस जगह पर प्रसिद्ध थे, लोग उन्हें मानते थे। जो वहाँ से जीत कर सांसद बने थे, रेणुका प्रसाद जी, वो अभी तकरार की वजह थे। जैसे ही संसद शुरू हुआ, रेणुका प्रसाद संसद यानि दिल्ली चले गए। मगर सत्र लंबा नहीं चल पाया। तेइस सांसद कोरोना संक्रमित हो गए और सत्र निलम्बित हो गया। रेणुका जी वापिस आए तो सीधा

अपने बंगले पर, और वहाँ दरबार लगाना शुरू कर दिया। धर्मवीर साहा ने विरोध किया, "चौदह दिन घर के अंदर बंद रहें, क्वारंटाईन रहें। आपको निर्देश मानना ही पड़ेगा। आप कोरोना फैला सकते हैं।" रेणुका जी के पास नेगेटिव रिपोर्ट थी। पर क्वारंटाइन का तर्क भी जायज था। वायरस कुछ दिनों के बाद रिपोर्ट में आएगा- यह भी सत्य था। इसी कहा-सुनी में गुटबाजी हो गई और एस॰ पी॰ सदर के साथ राजेश पासवान भी इलाके में मुस्तैद हो गए। "लाठी नहीं चलानी है, जब तक आदेश ना हो। हैलमेट पहन कर रखना है, पत्थरबाजी हो सकती है। भीड़ आए तो भाग जाना है, लड़ना नहीं है। हमारा काम कानून व्यवस्था बनाना है, जबरदस्ती करना नहीं।" निर्देश साफ था, संयम और बस फुफकारने की आजादी। काटने की मनाही। धर्मवीर साहा ने घोषणा कर दी, "हम धरना देंगे, बरेली को शमशान नहीं बनने देंगे। अगर रेणुका जी सेल्फ आइसोलेशन में नहीं जाते तो हम उनके घर के आगे चैदह दिनों तक धरना देंगे और रास्ता नहीं खोलेंगे। इधर रेणुका प्रसाद की तरफ से भी बयान आ गया, "मुझे मेरी जनता की सेवा से कोई नहीं रोक सकता। मेरा टेस्ट नेगेटिव है और यह सब ड्रामेबाजी नहीं चलेगी। साहा जी, मेरे से ध्यान हटाईये और जनता की मदद कीजिए।" बीस पुलिस वाले रेणुका जी के घर के बाहर और दो सौ बरेली के उस इलाके में चैबीसों घंटे अलर्ट पर रख दिए गए। राजेश पासवान, दो और पुलिस वाले भी, एस॰ पी॰ के साथ रखे गए। एस॰ पी॰ साहब सीधा सी एम को रिपोर्ट कर रहे थे। निर्देश साफ था, "स्थिति बिगड़नी नहीं चाहिए।" कुछ लोग जमा भी हुए, पर भगा दिए गए। लोगों की समस्या के बीच न्यूज चैनल वाले भी आ गए। एस॰ पी॰ साहब ने झल्ला कर कहा, "सूंघने की ताकत सबसे ज्यादा किस ब्रीड में होती है, पता है?" दो लोग मास्क किसी तरह नाक और होठों के बीच फँसाए, माईक पकड़े ऑफिस भी आ गए। "आपको क्या लगता है, कब तक स्थिति समान्य होगी?"

एस॰ पी॰ साहब पीछे मुड़े, "तुम लोगों को कभी नहीं लगता कि पुलिस महकमें से ज्यादा बेहतर, ये माईक और कैमरा पकड़ कर घूमना है।"

खैर दो दिन बीते, भीड़ बढ़ी और झड़प भी हुई पर बयान वही रहा। तीसरे दिन सी॰एम॰ ऑफिस से निर्देश आ गया और एस॰ पी॰ साहब के चेहरे पर चमक। राजेश पासवान भी अलर्ट खड़े हो गए। "डंडा उठा लो, दो घंटे में पूरी सड़क खाली होनी चाहिए। सिर, मुँह बचा के। पासवान, तू मेरे साथ चल। उस बंगले को खाली करवाओ और मंत्री जी, रसोईया, पहरेदार वगैर........सबको अंदर ही बंद करना है। बारह दिनों के लिए मेन दरवाजे पर मोटा ताला लटकाना है। चलो -दो घंटो में रिपोर्ट देनी है ऊपर।" यह एड्रिनालिन वाला पल ही राजेश पासवान को पंसद था। चुपचाप बैठना तो पाप लगता था। पुलिस एक्शन में आयी और एक घंटे में ही लोग भाग गए। धर्मवीर साहा, पुलिस बैन में गए और समर्थक अपने घर। जब मामला ठंढा हुआ तो राजेश पासवान जी रेणुका जी के आवास पर तैनात कर दिए गए। "कोई ना आ पाए, ना जा पाए। सामान जा सकता है।" और जिंदगी के छ: दिन चैकीदारी में चले गए। पासवान जी अपने साथ खड़े पुलिस वाले से अक्सर कहा भी करते थे, "जो साले मरना चाहते हैं, बिना मास्क घूमें, गले मिलें, हमें क्या। अपनी मर्जी से आप घोषणा कर दो, हम आपको एक टापू पर फेंक देंगे। दो महीने बाद जो बच गए, उन्हें ले आएंगे।" उन्होंने अपनी ड्यूटी में कुछ मनोरंजक सत्य भी देखा था। "कोरोना हवा से नहीं फैलता, पुलिस वाले फैलाते हैं। तभी तो लोग मास्क टोढ़ी पर फैलाए घूम रहे होते हैं। और पुलिस को देखते ही नाक-मुँह ढक लेते हैं।" दूसरा सत्य था कि -"इस देश में दो ही काम हैं जो सच में उत्तम हैं। एक नेता- दूसरा जज। आप कुछ भी बोल सकते हो। बाकी हम सब तो ग्रेड-ग्रेड के नौकर ही हैं।" तीसरा सत्य भी उनको

समझ आ गया था, "पहले कहते थे कि पुलिस की ऊपरी कमाई होती है, यहाँ तो पानी भी खरीद कर पीना पड़ता रहा है। ऊपरी कमाई की अलग किस्मत होती है।"

जैसे-तैसे दिन बीते और माहौल भी ठीक हुआ। अब अक्तूबर में वो बरेली के आस पास तो थे। वापिस गिरिधारी जी की दुकान पर बातें होने लगी। "मैं भी कुछ बिजनेश ही कर लेता गिरिधारी। पुलिस महकमें में शान तो है पर जलालत भी है। तू ठीक है, ना लेना एक, ना देना दो। ना नेता का चक्कर, ना जनता के जूते।" गिरिधारी जी जानते थे कि राजेश पासवान अमूमन अपने काम से काफी खुश थे। उनकी नकली बातों का जवाब तो नकली ही आना था, "दारू…………"

"दारू?"

"हाँ, दारू की दुकान खोल ले। बड़ा मुनाफा है और लोग खुश भी हैं। सरकार भी आजकल खुश है।" गिरिधारी जी बोले।

"पागल है क्या। खाकी से साकी बनाएगा।"

"अरे बिजनेश है। तू मत खोल, मुझे ठेका दिलवा दे। मैं बीस हजार हर महीने तुझे दूँगा।" "यह ठीक है। तू एक कांउटर पर दवाई बेच, दूसरे पर दारू।"

"बोर्ड लगा दूँगा- जो दवा से ठीक ना हो रहे हों, कांउटर नम्बर दो पर सम्पर्क करें।" गिरिधारी जी हँस पड़े।

एक मिनट की हँसी के बाद, राजेश पासवान ने गंभीरता से कहा, "वैसे, मेरा जो विश्वास अपने काम पर था ना, वो हिल गया इस बार।"

"ऐसा क्या हो गया?"

"हमारे बड़े साहब की भी कोई कद्र नहीं है कई जगह। चैकीदार बने फिर रहे थे। हम तो वैसे भी तुच्छ प्राणी हैं। अरे नेता लोग ऐसे बात करते हैं, मानो घर के नौकर लगे हुए हों ! वैसा ही हाल प्रेस वालों का है। मतलब हम अपने गली मोहल्ले के बेचारे लोगों में तो रोबिन हुड हैं, गब्बर सिंह हैं पर उनके सामने बंसती, जिसका वीरू बंधा खड़ा हो। क्या यार।"

"भैया, तुम कहीं तो गब्बर हो, हम तो हर जगह बिल्ली ही हैं। ना कोई पूछता, ना कोई डरता। तुम हो तो कोई फालतू परेशान नहीं करता है वरना पहले तो रंगदारी देना पड़ता था।" पसवान जी ने पीठ सीधी की, हाथ जोड़ कर सिर से ऊपर ले जाकर अंगड़ाई ली और मुस्कुरा कर बोले, "गिरिधारी जी, मास्क का फायदा मुझे उसी दौरान लगा। मुँह चल भी रहा हो, दिखेगा नहीं। जब डंडे का आदेश मिला, मैंने तो दो कार्यकर्ता निशाने पर लिए और पेल दिया, अब मास्क में कौन कितना कूट गया, क्या पता? मन को असीम शांती मिली।"

"नेता जी को भी थाने में धो देता।"

"नहीं, वो तो ठीक ही थे। कोरोना में इतने भाई निकल गए और बताओ नेताओं को जन सेवा अभी ही सूझी है। साहा जी बड़े नेता हैं भाई, उनका राज है वहाँ। हार गए, फिर भी प्रसिद्धी काफी है। उनको तो हमने चाय-पानी पेश किया।"

"आत्मा नहीं रोई?"

"ना ना, वो उस लिस्ट में नहीं थे, जिनको कूटना था। वो तो अलग हैं भैया।"

गिरिधारी जी हँसे, "तुम बड़े सेलेक्टिव रोबिन हुड हो।"

शंकर के जीवन में बहुत ही मनोरंजक मगर कठिन दौर गुजर रहा था। जहाँ एक और उसके पिता ने संशय खत्म करते हुए उसके रिश्ते को समय -बद्ध कर दिया, वहीं इस समय -बद्धता ने प्यार से पागलपन छीन लिया। जो आनंद इस सफर में, उस संशय में और उस छुप्पन -छुपाई में था, वो जाता रहा। कहाँ पहले इस बात पर भी घंटो बातें होती थी कि पिताजी क्या कहेंगे, माँ कैसी प्रतिक्रिया देगी, अब वो मुद्दा ही चला गया। पहले दोस्त उसके मिलने में समाज की आँखों के आगे पर्दा बनते थे, अब दोस्तों से मिलना ही कम हो गया था। शंकर एक गंभीर इंसान में तब्दील होने लगा था। दिसम्बर में शंकर के साथ हुई घटना उसे और गंभीर बना गई।

"दिल्ली चलेगी"? शंकर ने दिसम्बर के आखिरी हफ्ते में यह सवाल जब गरिमा के सामने रखा, तब दोनो ही रोमांचित हो गए थे।

"कैसे?"

"गाड़ी लेकर चलेंगे।"

"बाईक??"

"नहीं कार.............किराए पर लेकर........."

"और तुम्हारे पिताजी कहेंगे नहीं कि बेटा कहाँ जा रहे हो?"

"कह दूँगा हनीमून पर"

गरिमा ने अपने पतले हाथो से शंकर को धक्का दिया।

"अरे, मैं सब जुगाड़ कर लूँगा।"

"और मेरी माँ?"

"उनको तुम मनाओ।"

"क्या कहूँ- हनीमून। तू पागल है।"

"सुन" शंकर ने मुस्कुरा कर गरिमा की आँखों में देखा। उसे हमेशा गरिमा की आँखों में अजीब सा रहस्य और चमक दिखती थी। "किसान आंदोलन में मेडिकल कैंप है। हम सब भारतीय है और आंदोलन में सेवायें देंगे।"

"मतलब, तू मुझे आंदोलन वाली जगह पर, धरने पर बिठाने ले जाएगा। कितना रोमांटिक है ना ये ख्याल।" गरिमा ने ताने दिए।

"तू बात तो कर, हम कौन से कैंप करेंगे............इतनी बड़ी दिल्ली है, तुझे घुमाऊँगा।"

थोड़ी देर में बातों का जखीरा हवा में उड़ चला और दिल्ली के मॉल, बाजार, खाने की जगह- सब मोबाइल पर देखे जाने लगे। ना तो शंकर पहले गया था, ना ही गरिमा। पर विचारों और कल्पनाओं का क्या, जब चाहो दिल्ली जाओ, जब चाहो चाइना। वहाँ से रूखशत होकर दोनो अपने-अपने घर पर गए, एक योजना के साथ। शंकर को ज्यादा समस्या नहीं हुई क्योंकि गिरिधारी जी तो चाहते ही थे कि लड़का काम सीखे, जनता से कैसे व्यापार करना है-सीखे और थोड़े सम्पर्क भी बनाए। कैंप में जाएगा तो जानेगा कि लोगों से कैसे बात करनी होती है और कुछ डॉक्टरों से भी तो जान पहचान होगी। यहाँ भी डॉक्टर सलीम की दोस्ती उनके व्यापार में काफी मुनाफा करवाती थी। उनके द्वारा ही कई अन्य डॉक्टरों से भी गिरिधारी जी की राम-राम होती थी। पर गरिमा की माँ अलग थी और गरिमा भी। पिता के जाने के बाद से उसकी माँ, मंजू, ने गरिमा को हर क्षण देखा था, नजर में रखा था। तब भी, जब वो छत पर खड़ी होकर बाइक पर आ रहे शंकर को इशारे कर रही थी

और जब भी जब वो सहेली के घर जाने का बोल कर शंकर की बाइक पर बैठती थी। गली के पार, जहाँ नजर नहीं जाती, वहाँ भी मंजू हर वो पल महसूस कर लेती थी कि उसकी बेटी ने क्या किया है। और वो चुपचाप थी। क्या करती, घर की माली हालत खराब थी। इतना बूता नहीं था कि बेटी की पढ़ाई, शादी, सब कर सके। ऐसे में अगर बेटी शंकर का जूठा कप अपने होठों पर लगा भी ले या गली के बाद उसका हाथ पकड़ भी ले, तो क्या हर्ज था। ऊपर से उसे गिरिधारी जी के बयानों का भी पता चल गया था, तब से वो और चुप हो गई। ऐसे में गरिमा ने दिल्ली जाकर दवाई कैंप की बात की तो मंजू ने बात खत्म होने से पहले ही टोक दिया, "मेरी तबियत थोड़ी खराब सी लगती है आजकल। तू शंकर को कल बुला ला ना घर पर। यहीं खाना खा लेगा, मैं भी मिल लूँगी।"

"ठीक है। पर माँ कैंप का..................."

"शंकर जा रहा है ना, तो चली जा।" गरिमा को पता था कि माँ को शंकर से एतराज नहीं, पर दूर अकेले भेजने को माँ यूँ मान जाएगी, इस पर शक था। शुरू में माँ ने उसे समझाया था, "अकेली जगह मत जाना, गलत काम मत करना, किसी को भी अपना गलत फायदा मत उठाने देना" वगैर वगैर....। पर जब से गिरिधारी जी का वचन उन्हें पता चला था, उसने एक ही बात कही थी, "बेटा, प्यार को भी लक्ष्य चाहिए होता है। कुछ काम शादी के बाद के लिए होने चाहिए, वरना इतना लंबा समय प्यार नहीं टिक पाएगा।" गरिमा समझदार थी और माँ का इशारा समझ गई थी। पर दिल्ली जाने पर कितना परहेज होगा पता नहीं।

※

शंकर पहली बार गरिमा के घर इतना अंदर आया था। पहले पिताजी बीमार थे तो वो ड्राइंग रूम जैसे शुरूआती कमरे में ही रहते थे। वहाँ तक तो कई बार आना जाना हुआ था। यह वाला कमरा अंदर जाकर था, बकायदा बेडरूम जैसा। अंदर अंधेरा था, हल्की फुल्की रोशनी उन मोटे पर्दों से छनकर आ रही थी जो पूरी तरह फैल कर बाहर के उजाले को रोक रहे थे। जब शंकर का घर भी मास्टर जी का घर हुआ करता था तो उसकी माँ मोटे पर्दे लगाती थी। "नीचे की मंजिल पर यह समस्या रहती है, खिड़किया सीधे सड़क से दिखती है।" उसकी माँ का अपना विचार, शंकर को कभी पसंद नहीं आता था। वो अक्सर खिड़कियाँ बेपर्दा करता तो मानो रोशनी की बाढ़ आ गयी हो। उसे ऐसा लगा कि बचपन का कमरा हो। गरिमा ने आगे बढ़कर रोशनी जलाई तो बिस्तर पर लेटी हुई उसकी माँ नजर आ गई। माँ ने धीरे से आँखें खोली, "बैठो बेटा। मैं बाहर आ न पाई इसीलिए तुम्हें बुलवा लिया।"

"कोई बात नहीं। कैसे हैं आप? क्या हो गया?"

माँ ने जोर लगाकर अपने आपको ऊपर सरकाने की कोशिश की पर विफल रही। गरिमा ने हाथ लगाया और शंकर ने तकिया ठीक किया तो वो बैठ पाई। पीठ अब भी तकिये के सहारे पर थी।

"बेटा, चाय और कुछ खाने का ले आ।" माँ ने गरिमा को धीरे से कहा। शंकर के मना करने की कोशिश नाकाम करती हुई गरिमा रसोई में चली गई। माँ यही चाहती थी। "बेटा, गरिमा बता रही थी कि दिल्ली जाने की योजना बन रही है?"

"हाँ मम्मी जी, वो किसान आंदोलन चल रहा है ना। उसमें बड़े-बूढ़े किसान आए हुए हैं और मौसम देखो, ठंढ़ शुरू होने वाली है। तो हम लोगों ने सोचा कि वहाँ बीच-बीच में जाकर दवाईयों और

चैक अप का मुफ्त कैंप कर लें। वहाँ, धरने पर, कहाँ अस्पताल, कहाँ डॉक्टर?" "कौन -कौन जा रहा है?"

"बहुत सारे लोग हैं मम्मी जी। दो डॉक्टर हैं, नर्स हैं, तीन चार और लोग भी हैं।"

"इतने सारे लोग हैं तो इसके ना जाने से भी चलेगा ना?" माँ ने धीमी आवाज में कहा। शंकर चुप हो गया। झूठ का पुलिंदा भारी पड़ने लगा। "हाँ, लेकिन कईयों का फाइनल नहीं है। सब ऐसा ही सोच रहे हैं।" दो क्षण के विराम के बाद उसने फिर कहा, "मैं साथ रहूँगा ना, आप चिंता ही मत करें।"

"बेटा, मुझे तुम्हारे साथ इसे कहीं भी भेजने में कोई एतराज नहीं है। मैंने आजतक इसे नहीं रोका। मेरी तबियत अब ठीक नहीं रहती। मुझे डर सा लगता है।"

"कैसा डर?"

"तुमसे नहीं बेटे। अपने जीवन के खत्म होने का डर। आदमी को पता चलने लगता है कि अब मौत करीब है, मुझे ऐसा ही लगता है। मुझे नहीं लगता कि मैं ज्यादा दिनों तक चलूँगी। ऐसे में मुझे गरिमा की चिंता भी तो होती है।"

"अरे, आपको कुछ नहीं होगा।" शंकर ने माँ के स्थिर चेहरे को देखा तो खुद ही बोल पड़ा, "पिताजी तो अलग किस्म के बीमार थे, आपको ऐसा कुछ थोड़े ही हुआ है। मैं डॉक्टर को दिखला लाऊँगा।"

"बेटा, मेरी चिंता छोड़। मुझे बस यही लगता है कि मेरे बाद गरिमा का क्या होगा? मुझे पता है तुम दोनो एक -दूसरे को पसंद करते हो, पर शादियाँ सिर्फ पसंदों पर नहीं होती है ना।" "आप

बेकार चिंता कर रहे हैं। मेरे घरवालों को पता है और उन्हें एतराज नहीं। मैं ऐसा लड़का नहीं जो किसी को भी धोखा दे।"

"पता है, गरिमा ने बताया, पर यह सोचो कि अगर मैं आज मर गई तो चार साल यह कहाँ रहेगी?" माँ ने दुखी होकर कहा।

शंकर के अंदर पुरूषार्थ कुलाचें भर रहा था। इतनी जिम्मेदारी भरी बातें उससे पहले नहीं हुई। "अगर ऐसा हुआ तो मैं पहले ही शादी कर लूँगा। चाहे कैसी भी परिस्थिति रहे।"

"तुम्हारे पिता...................."

"कैसी भी परिस्थिति रहे।"

माँ ने गहरी सांस ली। "मुझे पता है बेटा। मैं शायद तुम्हारी शादी ना देख पाऊँ। मेरी तमन्ना तो बहुत थी पर..............। खैर, अगर तू इसके सिर पर चुनरी रख दे तो मैं तसल्ली से मर सकूँगी।" गरिमा तभी चाय और पकोड़े लेकर अंदर आ गई। पहली बार उसने शंकर के लिए कुछ बनाया था। चाय में दूध, चीनी, चायपत्ती के साथ दिल भी डाल आई थी और पकोड़ों में प्यार। उसकी आवाज में चहक थी, "चाय......आपके लिए।"

शंकर उठा और गरिमा के कंधे पर झूल रहे दुप्पट्टे को उठा कर उसके सिर पर ओढ़ा दिया, "मैं इससे शादी का वचन देता हूँ।"

गरिमा के हाथ काँप गए, माँ उठकर बैठ गई। माँ ने मोबाइल निकाला, "मेरे प्यारे बच्चों, तुम्हारी तस्वीर रखूँगी ताकि तुम्हारे पीछे मर भी गई तो तुम्हें देख कर मरूँ। तुम तो दिल्ली में होगे।" दोनो ने माँ से आर्शीवाद लिया, अल्मारी के बगल में रखे भगवान जी के फोटो को प्रणाम किया।

घर में सब खुश थे, गरिमा, कि यह अचानक मिला प्यार उम्मीद से ज्यादा था। कि शंकर ने पुरुषार्थ दिखलाया था। कि वो अब पत्नी ही थी, बस शादी दूर थी। शंकर भी खुश था कि उसका सिर गर्व से ऊँचा हो रहा था, उसने मर्दों वाला काम किया था। कि अब वो गरिमा के साथ सीना ठोक कर दिल्ली जाएगा। माँ भी खुश थी, ना तो बेटी की चिंता रहेगी, ना ही मरने का सोचना पड़ेगा। उसने मोबाइल बंद करके तकिए के नीचे डाल दिया।

गिरिधारी जी को पता चल गया था कि शंकर का किसान-रैली में काम करना उसके प्यार की वजह से था। वो प्यार नहीं जो वो किसानों से जता रहा था, बल्कि वो, जो उसके साथ जाने और दिल्ली घूमने को तैयार हुई थी। रात, खाने के बाद, जब डॉ सलीम के साथ वो बरेली की गलियों के चक्कर लगा रहे थे तो मन के कई विचार भी चक्कर काट रहे थे। "कई बार, डॉक्टर साहब, मुझे लगता है कि मास्टर वाला सलीका ठीक था, ये व्यापारी वाला हिसाब जम नहीं रहा। मतलब, धंधे के लिए तो अच्छा है, पर घर के लिए?"

"क्या हो गया गिरि?"

"अरे वही शंकर की कहानी ! मैंने नफा-नुकसान और संभावना देखते हुए उसे उस लड़की के साथ दोस्ती रखने को हाँ कर दी, पर अब वो दिल्ली जाने के बहाने ढूंढ रहा है। मुझे पक्का यकीन है, वो उस लड़की के साथ ही कार्यक्रम बना रहा होगा। पहले मास्टर होता तो नफा-नुकसान देखे बिना, दस छड़ी से खाल उधेड़ देता, सब प्यार अपने आप ही तेल बनकर निकल लेता। पर ज्यादा व्यापार -बुद्धि में फंस गया भाई।"

डॉ सलीम हँसे, "भाई, अब मास्टरों का भी छड़ी चलाना मना है। जेल जाने की बातें होती हैं। अपना जमाना चला गया, जब पहले मास्टर साहब कूटते थे, और घर पर पता चल जाए तो अम्मी फिर से कूट देती थी। साला बचपन तो डंडों में ही निकल गया। अब जमाना नया है। तुमने सुना है "जेनेरेशन जैड"?

गिरिधारी जी ने ना में सिर हिला दिया। डॉ॰ सलीक के पास इतनी सारी नई जानकारियाँ रहती थी कि उनको लगातार भी सुना जा सकता था।

"जो सन 2000 के बाद पैदा हुए। तो तुम्हारा लड़का है जैनरेशन जैड और वो तुम्हारी ज्यादा सुनने वाला नहीं है। उसे उसकी तरह से जाकर समझना पड़ेगा।"

"यह सब छोड़ो, यह बताओ कि अब क्या करें? दिल्ली तो वो गुलछर्रे उड़ाने ही जाना चाहता है और डर है कि जवान खून है, गड़बड़ ना कर दे?"

डॉ॰ सलीम चलते चलते गिरिधारी जी से दो कदम आगे आ गए थे। वो पीछे हुए और कहा, "दिल्ली चाहे प्यार के लिए जाओ या व्यापार के लिए, नॉट ए गुड आइडिया। वहाँ रायता फैला हुआ है, जाना ठीक नहीं।"

"क्या हो गया?"

"गिरि भाई, तभी कहता हूँ कि व्यापार से समय निकालो। समय होगा तो परिवार पर भी लगेगा और समाचार पर भी। अब देखो, नया साल भी आ गया। पूरा देश ठीक हो रहा है। दिल्ली में कोरोना खत्म ही नहीं हो रहा। सी॰एम॰ ने बता दिया, "तीसरी वेव है, "और केस बढ़ रहे हैं।" एक तो किसान आंदोलन, जहाँ दंगे-फसाद हो सकते हैं ! जहाँ भीड़ भी है, बुढ्ढे भी, कोरोना ने ऊपर वाले से यही तो मांगा था। भीड़ और बुढ्ढे।"

"कोरोना गया नहीं?"

"कहाँ गया? ये तो माइटाकांट्रिया बन कर हमारे सेल में रहेगा, तसल्ली से आया है। कल गृहमंत्री ने दिल्ली की कमान संभाली है। वहाँ बैड वगैर थे ही नहीं। लोग दाखिल भी होए तो कहाँ? अब देखो, मलिट्री वाले कुछ मेक-सिफ्ट बना रहे हैं।"

"मतलब राष्ट्रपति शासन.............."

"नहीं। सी॰एम॰ ने हाथ खड़े कर दिए तो सिर्फ कोरोना मसले पर गृहमंत्री जागे हैं। गृहमंत्री" "सी॰एम॰ भी तो ग्रेट ही है।"

"सीजन्ड नहीं है। मतलब पका हुआ पॉलिटीशियन नहीं है। दूसरा, सरकार जानबूझ कर उसे नीचा भी तो दिखलाती है। वो तो फिर भी ईमानदार है कि हाथ खड़े कर देता है, कई जगह तो लोग बदहाली में इंडिया साइनिंग गाने लगते हैं।"

"देखो भाई, अच्छा-अच्छा बोलने से, अच्छा महसूस होने लगता है। जैसे कि मैं इनका बजट या पी एम केयर फंड.......... यह सब जब बोला जाता है कि 2000 करोड़, 90 लाख करोड़..............। तो मन में फुरफुरी सी होती है कि इतना पैसा है।"

"फुरफुरी उठने के लिए पेट में अनाज और सिर पर छत भी तो होनी चाहिए गिरि। हम लोग नकली या वर्चुअल भारत के निवासी हैं। एक डॉक्टर, दूसरा अमीर दवाई वाला। हम उन 80प्रतिशत को नहीं दिखला सकते जो सच में बेचारे हैं।"

"डॉक्टर साहब, उस पर एक सच्चाई और भी है।" गिरिधारी जी ने मुस्कुराते हुए कहा, "कि इस धरती पर चिंता करने का अजीब हिसाब है। गरीब की चिंता सबसे ज्यादा किसको है- अमीर को। मतलब, जो नेता जी, बड़ी सी कार से जाएगे, हेलिकॉप्टर फिर ऑफिस में ए॰सी॰ चलाकर बैठ जाएँगे और इस टूर-ट्रिप का बारह लाख का बिल हस्ताक्षर करके भेज देंगे। गरीब तो बेचारा हेलिकॉप्टर देखकर ही खुश है। उसी तरह सिगरेट छुड़वाने की खुरक सबसे ज्यादा मरीज को नहीं है, तुम्हें है। कोरोना मरीज को आइसोलेट करने की या मास्क पहनवाने की खुजली सरकार में आई, लोग तो मौका देखते ही मास्क फेंक देते थे। यह देश, और विस्तार से देखो तो यह दुनिया ही असंतुलित और अजीब है। शायद इसीलिए घूमती जा रही है। संतुष्ट होती तो रूक जाती।"

डॉ॰ सलीम भी हँसे, "वैसे मैं आपकी बातों से सहमत हूँ। पर है क्या कि जो जिस हाल में रहता है, उसी के हिसाब से सुख -दुख भी ढूंढ लेता है। सीरिया में भी बच्चे हँसते हैं और अमेरिका में भी। फिर भी, जो सीढ़ी पर जितना ऊपर है, उसे नीचे वाले को हाथ देकर ऊपर खींचने की कोशिश करनी चाहिए। तभी तो समाज का मतलब और मकसद होगा।"

गिरिधारी जी ने भी हँस कर जवाब दिया, "जब मैं मास्टर हुआ करता था, तब अपने एक गुरूजी, "बनर्जी सर" को अक्सर याद करता था। बंगाली थे, हिंदी साहित्य के शिक्षक और सुलझे हुए आदमी। वो कहते थे कि दुख इस बात का नहीं होता कि कम है बल्कि इस बात का होता है कि और नहीं है। वो कहते थे कि एक कक्षा में अगर शिक्षक सबको टॉफी बांटे और एक बच्चे को डांट दे तो वो बच्चा दुखी हो जाएगा। अब दृश्य बदल कर देखो। अगर सबको मुर्गा बना दे और उस एक बच्चे को डांट दे तो? वो खुश हो जाएगा। यही मनोवृति है। यही सच्चाई है। कोरोना में भी तो यही था। हम यह देखकर जी रहे थे कि अमेरिकन मर रहे हैं। हमसे ज्यादा अंग्रेज मर गए।"

"सुख-दुख रिलेटिव फीलिंग है।"

"हाँ। और एक ज्ञान उनका प्रसिद्ध था। वो कहते थे सबसे ज्यादा मुल्यवान समय है। हर चीज, हर शौक, हर चाहत की एक उम्र है, एक समय है। जो चीज तुम्हें बचपन में गुदगुदाती थी- खिलौने, जवानी में तुम देखना भी नहीं चाहते। जो जवानी में आकर्षित करती है वो बुढ़ापे में बोझ है। मतलब कि सही वक्त पर ही चीजों की कद्र है। और सही वक्त सबसे जरूरी पहलू है।"

"तुम्हारे गुरूजी तो काफी ज्ञानी थे, फिर भी तुमने मास्टरी छोड़ दी?"

"मैंने दूसरी वाली सलाह मान ली।" गिरिधारी जी हँसे, "पैसे कमाने की सही उम्र निकली जा रही थी। मास्टर जी को पैसा रिटायरमेंट के बाद मिलता है, जब दांत और आंत नाराज हो चुके होते हैं। इसीलिए मैंने उनकी सलाह पर ही अमल किया है- तकनीकी रूप से।" दोनो की बातें चलती रहीं और कदम भी।

एक घंटे के भ्रमण के बाद जब गिरिधारी जी वापिस घर पहुँचे तो दिमाग ने कुछ नई बातें जगह बना चुकी थी। एक कि दिल्ली जाना अभी उचित नहीं होगा और अब इस बात की पुष्टि डॉ॰ सलीम से हो सकती है। दूसरी बात कि शंकर और गरिमा के बीच का समय वो जितना खींच पाएँ, उतनी ही उम्मीद होगी कि वो दोनो एक दूसरे से थक जाएं। और तीसरी बात कि कोरोना अभी दिल्ली में तबाही मचा रहा है और दिल्ली दूर नहीं है, दुकान पर कोरोना वाला माल रख लेना चाहिए।

"पुलिस का इनपुट है, दिल्ली जाना सही नहीं है।" गिरिधारी जी ने हताश दिख रहे शंकर की आँखों में अपनी तीव्र निगाहें डाल कर कहा। यह बहस कि "कल तक तो आपने हाँ कह दिया था, अब मैं पूरी तैयारी कर चुका हूँ" खत्म हो चुकी थी। शंकर को जो सुरमयी सपना दिख रहा था, उस पर गिरिधारी जी ने काला रंग डाल दिया। "और तुम्हारे झुंड में लड़के-लड़कियाँ भी होंगी" उन्होने लड़कियों के ऊपर ज्यादा जोर डाला, "साफ मना किया है पुलिस ने। खतरा ज्यादा है। जो अकेले जाकर, चुपचाप आंदोलन में बैठना हो तो मैं भिजवा दूँगा। पुलिस के साथ ही भेज दूँगा, पर लड़कियाँ और छोटे लड़के तो बिल्कुल नहीं।"

शंकर का दिल्ली जाना ही गरिमा के साथ जाने पर टिका था। पुलिस के साथ जाकर क्या करता? "ऐसे तो हमलोग ना सेवा कर सकते हैं, ना दिल्ली जा सकते हैं?" शंकर ने निराश होकर कहा।

"क्यों नहीं जा सकते? एक बार ये कोरोना खत्म हो जाए तो अपने दोस्तों के साथ घूमने चला जा। कहाँ आंदोलनों में धक्के खाने जाएगा? आराम से जाना, दिल्ली, आगरा, ताजमहल सब देखते हुए आना। पर अभी खतरा है ना? पुलिस खुद ही मना कर रही है। और ज्यादा लगे तो अंकल आते ही हैं शाम में, उनसे पूछ

लेना। वो अपने दो बंदे भी लगा देंगे तेरे आस पास। पर अभी सही समय नहीं है।" गिरिधारी जी चतुर थे। जानबूझ कर भविष्य का एक सुनहरा प्लान बताया जो ताजमहल देखने तक जाता था। शंकर की डूबती इच्छाओं को नया सपना मिल गया। आदमी हमेशा इसी सपने के लिए जीता है कि आज की मेहनत, आज का संयम कल रंग लाएगा। शंकर भी अपने दिल्ली के भ्रमण और रोमांच से ऊपर उठकर, दो-तीन दिनों का पूरा प्लान बुनने लगा। "जा और अपने दोस्तो को बता दे। फिर भी उनको जाना हो तो उनकी मर्जी। मगर तुम तो अभी मत जाओ।"

"ठीक है।" शंकर वहाँ से निकल आया। वहाँ से निकलते ही गरिमा को फोन किया, "गौरी, पापा तो कह रहे हैं कि अभी वहाँ जाना ठीक नहीं है। कुछ खतरे का इनपुट है।"

गरिमा ने हँस कर कहा, "चलो अच्छा है। मुझे तो घबराहट हो रही थी।"

"अरे तुझे क्या घबराहट ! मैं तो साथ था ही?"

"तुमसे ही घबराहट थी।"

"तीन-चार महीने बाद चलेंगे, दिल्ली और आगरा। ताजमहल देख कर आएगे। फिर घबराना अच्छे से।" शंकर और गरिमा की नोक-झोंक, छेड़-छाड़ सब चाशनी में डूबी हुई। मुँह से निकलते समय भी मीठी और कान में जाते समय फिर एक चाशनी की परत ! प्यार प्रमाणित करता है कि जो नहीं है, वही अद्भुत है। कल्पना सबसे हसीन अनुभव है। चाँद भी शायद इसीलिए प्यारा है क्योंकि वो दूर है, नजदीक में तो टीला ही दिखता।

इधर, गिरिधारी जी की चतुराई रिंकी की आँखों से छिपी नहीं थी। जब वो शंकर को ज्ञान दे रहे थे, रिंकी वहीं, दरवाजे की ओट

में खड़ी, सुन रही थी। शंकर के जाते ही वो सामने आ गई। "ये आप क्या कर रहे हो? अपने ही बच्चे को बुद्धू बना रहे हो? अरे कैसे आदमी हो आप?"

गिरिधारी जी अपने आपको उत्कृष्ट दिमाग वाला समझ कर खुश हो रहे थे, ऐसे में, यह आरोप उन्हें पसंद नहीं आया, "तुम्हें समझ नहीं आएगा। मुझे यह मसला सुलझाने दो।"

"उसको तुम समझा दोगे कुछ भी और मुझे तो समझ नहीं आएगा। सबसे ज्यादा समझदार तो तुम ही हो। जो अगर उसे नहीं भेजना उस लड़की के साथ तो एक बार को सीधा मना कर दो। अब बाद में घूमने जाने का सगूफा क्यों छोड़ दिया। किसी दिन लड़का कांड कर आएगा तो बनवाते रहना ताजमहल।"

"अरे तुम जाओ भाई, मुझे पता है मैं क्या कर रहा हूँ। ना अभी कोरोना खत्म होगा, ना खतरा। और मैंने कौन-सा उसे लड़की के साथ घूमने को कह दिया। सब ठीक रहा तो हम सब चल लेंगे।"

रिंकी गुस्से में पैर पटकती हुई अंदर चली गई, "सच मुँह से निकलता ही नहीं है तुम्हारे। अपने बच्चे को भी कोई फँसा कर रखता है क्या? पता नहीं कैसे मास्टर थे तुम।"

जब इंसान को लगता है कि उसकी जिंदगी का खाका उसने तैयार कर लिया है, जब उसके पास एक रास्ता दिख रहा होता है जिस पर वो चलना चाहता है और जब उसे भ्रम होता है कि परिस्थितियाँ उसके हिसाब से बदल सकती हैं, तब ऊपर भगवान हँसते हैं। भगवान ने इंसान में सबसे मजेदार गुण दिया है- अनुकूलता का गुण। हम परिस्थितियों के गुलाम हैं। हमने दिमाग लगा कर परिस्थितियों को आंकलन करना शुरू कर दिया है और उस आंकलन के हिसाब से अपने कर्म, सुख, दुख, विचार सब निर्धारित करते हैं और फिर एक झूठी खुशी का अनुभव करते हैं कि हमने अपने हिसाब से जिंदगी जी है। पर इसमें हर्ज भी कुछ नहीं, हमारा मन बहल जाता है और ऊपर वाले को हमारी समझ पर हँसी आ जाती है। गिरिधारी जी ने भी जिंदगी में हर चीज "सेट" कर दी थी। उनके वचनों पर आकर शंकर भी धीरे-धीरे "सेट" हो रहा था। पर मार्च 2021 का महीना उनके लिए व्यस्त महीना था कोरोना के मामले बढ़ने लगे तो लोगो की चेतना भी बढ़ने लगी। भारत सच में विविधता वाला देश है। आधी बरेली यह मान रही थी कि कोरोना हमारा कुछ नहीं बिगाड़ेगा। कि ये वायरस चायनीज है, खास अमरीका के लिए बनाया हुआ। कि हम तो बचपन से ही मिट्टी-गोबर में पले बढ़े हैं, हम सब वायरसों के आदी हैं। कि पहली लहर में क्या हुआ, कुछ नहीं? गिनती के लोग मरे और वो भी जो पहले ही काफी बीमार चल रहे थे। वो तो शायद इसलिए मर गए कि कोरोना का डर था। वो डर गए, घरवाले डर गए और डॉक्टर भी डर गए। और इन्हीं तर्कों के साथ आधी बरेली उस अखबार के पेज को पढ़ रही थी जिसमें लिखा था - "इस बार वायरस सक्रंमित ज्यादा करेगा पर मृत्यु कम होगी।" बाकी बची हुई आधी बरेली की जनता फिर से मास्क खरीदने लगी। सेनिटाइजर और पोंछे के लिए स्पेशल फिनाइल की माँग भी बढ़ गई। गिरिधारी जी फिर

से व्यस्त थे और खुश भी। वो उस आधी बरेली का हिस्सा थे जो वायरस से नहीं डर रहा था, पर धंधा तो दूसरी आधी बरेली से चल रहा था। पंद्रह दिनों में उन्हें तकरीबन बारह लाख का फायदा हो गया। पर अठारह मार्च को जब उनकी मुलाकात डॉ॰ सलीम से हुई तो बातें बदल गयी।

"अखबार की छोड़ो भाई जान, सच्चाई जान लो। मेरे कई दोस्त हैं दिल्ली और हैदराबाद में, मौत का नाच हो रहा है। पिछली बार तो वायरस ने ट्रेलर दिया था, असली खेल तो अब हो रहा है। चार तो मेरे साथ के डॉक्टर निकल लिए।"

"पर देश भी तो इतना बड़ा है सलीम भाई। लोग पहले से ही गुर्दे के मरीज हैं, सुगर के मरीज हैं.....उन पर खतरा तो है ही।"

"नहीं मेरे भाई ! वो पिछली खबर थी। कल ही, यहीं बरेली के सिविल हॉस्पीटल में अठाईस साल का लड़का मर गया। दो दिन पहले दाखिल हुआ और दो दिनों में ही कहानी खत्म। इस बार तो अल्लाह ही मालिक है।"

"डराओ मत यार। लॉकडाउन भी नहीं हुआ देश में। ऐसा थोड़े ही है?"

"हो तो रहा है। दिल्ली, यूपी हर जगह, पूरे प्रदेश का तो अब मुश्किल ही है। पैसे ही नहीं हैं लोगो के पास। ना ही सरकार के पास। घोषणा तो ऐसे कर देते हैं -तीस हजार करोड़, दो लाख करोड़ कि गरीब आदमी जीरो गिन कर ही खुश हो जाता है। हमारा ही अस्पताल देख लो। पिछली बार दो लड़के निकल गए। अब दोनो बेरोजगार हैं। फोन कर रहे हैं, आधी तन्खवा पर भी राजी हैं।"

"बढ़िया है, आधी पर रख लो।"

"मेरे पास भी पैसे नहीं है भाई। काम ही कम है। लोगों को अस्पताल आने से ज्यादा कोरोनिल खाना पसंद है। जब नेता, मंत्री सब टीवी पर आयुर्वेद बोलेंगे तो अंग्रेजी दवाखाना क्या करेगा।"

गिरिधारी जी हँसे, "कोरोनिल तो मैंने भी बहुत बेची। लोग चार चार गुना दाम पर भी ले गए। इस बार भी मांग बढ़ने लगी है।"

मार्च खत्म होते-होते बरेली में गर्मी का असर दिखने लगा था। गर्मी लगभग पूरे उत्तर भारत का प्रमुख मौसम है। पंद्रह-बीस बरसात के, दस -पंद्रह दिन कड़कड़ाती ठंढ और लगभग एक महीना सुहाना सा, जो दो मौसमों के बीच में आता है। बाकी बचे हुए नौ-दस महीने तो गर्मी ही होती है। जहाँ पंखा होता है, वहाँ पंखा चलता है, जिनके पास ए॰सी॰ होता है, उनका ए॰सी॰ चलता है। पिछले साल मई से तो ए॰सी॰ चला ही नहीं। कोरोना को लेकर खबरें काफी फैली। ए॰सी॰ से कोरोना के बढ़ने और फैलने की संभावना पर टी वी ने काफी चर्चा दिखलाई। हरियाणा सरकार ने टीवी पर घोषणा कर दी कि ए॰सी॰ नहीं चलाए जाए। जब कोरोना खत्म हुआ या यूँ कहे कि कम हुआ तब लोगों ने इसका मजाक भी बनाया। डॉ सलीम ने तो एक बार गिरिधारी जी को छेड़ा भी था, "माननीय मुख्यमंत्री जी हवन करवाना चाहते हैं। धूएँ से, गोबर से वायरस मरेगा, ए॰सी॰ से तो वहीं बस जाएगा। सही बात है। पुराने जमाने में ए॰सी॰ नहीं था तो वायरस भी नहीं था। गोबर था, गाय थी और पीपल के पेड़ थे। गिरि भाई, तुम्हें नहीं लगता कि नेतागिरी में आने से पहले आदमी का टेस्ट होना चाहिए? कम से कम थोड़ा तो विज्ञान आता हो।"

"क्या कहें? प्राण पर आफत थी तो जो जिसको समझ आया, वो उसने कर दिया, कह दिया। किसी डॉक्टर ने ही बताया होगा।"

"डॉक्टर से पूछते कहाँ हैं ये लोग? आप उनसे नहीं पूछते, वो हमसे नहीं पूछते।"

"सब ऐसे ही हैं।"

"मतलब, आप सब को लपेट लोगे लेकिन एक बार भी इस सरकार को कुछ नहीं कहोगे?" "सच में सब एक जैसे हैं। अंधविश्वास हमारे अंदर अनुवांशिक है। पढ़-लिख लो तो पर्दा आ जाता है। हवा

तेज हो तो पर्दा उड़ जाता है। मरते वक्त हमें वही गंगा चाहिए जिसको हम प्रदूषित मानते हैं। वही राम चाहिए जिनको हम दूर-दूर से दुआ सलाम करते हैं।"

"पिछली सरकार पर्दे में थी।" डॉ॰ सलीम ने हँस कर कहा।

"हाँ ! तभी तो एक बाबा के कहने पर पहाड़ खुदवा दिया कि खजाना मिलेगा" गिरिधारी जी हँस पड़े थे।

ऐसी बहस चलती ही रहती थी। खैर इस बार तो मार्च शुरु होते ही उनके घर में ए॰सी॰ चल पड़ा था। उस शाम जब गिरिधारी जी दुकान से घर की तरफ बढ़े तो बीच की सीढ़ियाँ भारी लगने लगी थी। फिर से मास्क पहनने का दौर आ गया था। दुकान के अंदर पूरे दिन मास्क पहनना मुश्किल था पर बगल की किराना दुकान वाले का चालान कल ही कटा था, इसका डर भी था। खुद भी पूरे दिन साँस को लड़ते रहे और दुकान पर काम कर रहे दोनो लड़कों को भी टोकते रहे। जब घर जाने की बारी आयी तो थकान इतनी जमा हो चुकी थी कि सीढ़ियों के ऊपर का घर, दूर लगने लगा। सीढ़ी पर पहला कदम रखते ही गिरिधारी जी ने मास्क उतार कर जेब में डाला और लम्बी साँस ली। सच तो यही है कि जो चीजें कुदरत में मुफ्त हैं वही सबसे जरूरी और कीमती हैं। हवा, पानी, प्यार, मौसम, उम्मीद.........सब अनमोल, सब मुफ्त !

ऊपर पत्नी के चेहरे पर तनाव था। गिरिधारी जी ने भवें ऊँची करके इशारों से कारण पूछा तो जवाब आया, "बाऊजी को हल्की खाँसी है, हरारत है। खाना नहीं खाने का बोला है।" बाऊजी, कृष्णकांत शुक्ला जी, एक समय और अनुशासन पाबंद आदमी थे। सूरज का चक्का डूबे, उससे पहले खाना खा लेना चाहते थे। ऐसे में उनका खाना छोड़ना अजीब था, जो पत्नी को चुभ रहा था। गिरिधारी जी पहले से थके हुए थे, "कोई बात नहीं। ए॰सी॰ सूट नहीं कर रहा पिताजी को। थोड़ी देर में उठा कर पूछ लूँगा।"

पर रिंकी आस-पास ही मढ़राती रही। इस कदर कि नजर-अंदाज ना हो पाए।

"क्या हुआ? कोई बात हुई क्या?"

रिंकी मानो इसी का इंतजार कर रही थी। वो तेजी से आकर कुर्सी पर बैठ गई, "बाऊजी को बुखार है, खाँसी है……कहीं कोरोना……."

गिरिधारी जी ने नजर वक्र करके रिंकी को घूरा तो आगे के शब्द गले में ही रह गए।   "फालतू की बातें मत करो। ए॰सी॰ चला कर रहेंगे इस उमर मे तो ठंढ तो लगेगी ही।"

रिंकी ने अपनी बात हवा में उछाल दी, उसका मन हल्का हो गया। अब वह बात बॉल की तरह बार-बार, कूद कूद कर आगे आती रहेगी। गिरिधारी जी मन ही मन अपनी थकान और रिंकी की मनहूस सोच को कोसते हुए उठे। कृष्णकांत जी पेट के बल लेटे हुए सो रहे थे। कमरे में रौशनी थी, पर अजीब सी आवाज भी। उनकी हर साँस के साथ एक अलग सी आवाज थी। गिरिधारी जी नजदीक गए, पैर को हाथ लगाया तो हल्का ही गर्म था। पर साँस की रफ्तार ज्यादा थी। लगभग पैंतीस-चालीस प्रति मिनट, दूर से ही ज्यादा दिखने वाली। एक पल को रिंकी की बातें फिर से

सामने आ गई, पर सिर झटक कर गिरिधारी जी बाहर आ गए। नीचे दुकान में गए और भाप की दवाई ले आए। नेबुलाईजर तो घर पर था ही। उन्होंने चुपचाप नेबुलाईजर शुरू कर दिया। मशीन की घर्रर्र सुनकर कृष्णकांत जी ने आँखें खोली, कुछ बोलना चाहे मगर कहा कुछ नहीं। "भाप ले लीजिए, छाती में ठंड लग गयी है। आराम हो जाएगा।" बाप-बेटे का संवाद वैसे भी संक्षिप्त ही होता था। गिरिधारी जी बाहर आ गए और मोबाइल से डॉ॰ सलीम से सम्पर्क किया। उन्हें पिताजी की अवस्था बताई और आने का आग्रह किया। दस मिनटों के बाद डॉ॰ सलीम को फोन आया, "नीचे ही हूँ। एक बार नीचे तो आओ।"

गिरिधारी जी ने अपने पिता को देखा, वो अब भी सो रहे थे। भाप का थोड़ा असर तो था, आवाज कम हुई थी, पर खत्म नहीं और रफ्तार लगभग वही थी - पैंतीस-चालीस के बीच। वो नीचे आ गए। "एक बार उनको देखना जरूरी है। मुझे लगता है कि ए॰सी सूट नहीं किया। मैंने भाप दे दिया है...........।" गिरिधारी जी ने डॉ॰ सलीम को बताना शुरू किया।

"एक बात बताओ, बुखार भी है"?

"हाँ। मगर बहुत तेज नहीं।"

"भाई, कोरोना की जाँच होनी चाहिए।"

गिरिधारी जी इस बार गुस्सा नहीं हो सके। रिंकी की बात तब सिर्फ बात थी, अब डर बनकर मन में घुस गया। यह सवाल तो उनके जेहन में भी आया था, पर उन्होंने आगे बढ़ने नहीं दिया था। "वो तो कहीं जाते भी नहीं।"

"वायरस जा सकता है ना। अब मेरी बात सुन, इन्हें दाखिल करवा दे। जाँच कल तक पता लग जाएगी, तब सोच लेंगे आगे का।"

गिरिधारी जी के दिमाग में सन्नाटा छा गया। दो मिनट पहले तो वो अपने घर की परिस्थितियों के मालिक थे, डॉक्टर उनका दोस्त था और जेब भरी हुई थी तो मन में इतनी अनिश्चिंता और अविश्वास आया ही नहीं कि कल पिताजी का क्या करना है, कल पता लगेगा। वो निराशा और डर के गर्त में गिरते चले गए। "तुम देखोगे नहीं?"

"देख लूँगा........एक पी पी ई लेकर आया हूँ। पर जो आजकल का दिशानिर्देश है, उसके हिसाब से ये दाखिल होने चाहिए।"

"तुम्हारे यहाँ रख लें.........।"

"भाई, मुझे कोई एतराज नहीं पर फँसने की बात है। जाँच पॉजिटिव आ गई तो मेरा अस्पताल बंद। और खुदा ना खास्ता कुछ हो गया तो बुखार -खाँसी को दाखिल करने के अपराध में मैं बंद। आजकल सरकारी निर्देश साफ है- कोरोना या कोई भी बुखार -खाँसी का मरीज कहाँ रखा जाएगा, कैसे जाँचा जाएगा। डिस्ट्रिक्ट हॉस्पीटल में इंतजाम है यहाँ का, वहीं चलते हैं।"

गिरिधारी जी की समझ सुन्न हो गई, मानो परीक्षा के बाद अहसास हुआ कि पर्चा जमा करना ही भूल गए। वो चुपचाप अंदर आ गए, पीछे -पीछे डॉ सलीम भी। अंदर घुसते ही उन्होंने पी॰पी॰ई॰ पहना और कृष्णकांत जी के पास चले गए। गिरिधारी को उन्होंने दूर ही रोक दिया था। ना आला लगाया ना नब्ज देखी, डॉ सलीम ने दो मिनट उन्हें ध्यान से देखा और बाहर आ गए। "भाई, शिफ्ट कर दे। लगता तो वही है।"

अब तक घर के सारे लोग भी जमा हो चुके थे। सबके चेहरे पर सफेदी छा गयी। अगले आधे घंटे में एम्बुलेंस का सायरन सुनने लगा। कृष्णकांत जी तो कुछ बोल ही नहीं पाए। ऑक्सीजन लगा और डॉ॰ सलीम के साथ पी॰पी॰ई पहन कर गिरिधारी जी भी एम्बुलेंस में बैठ गए। अड़ोस-पड़ोस की खिड़कियाँ भी खुलीं और पूरे मोहल्ले में डर ने काला साया डाल दिया।

हमारा सुख और दुख, आसक्ति और संतुष्टि, सब तुलनात्मक होती है। जहाँ लोग प्यास से मर रहे हों, वहाँ चुल्लू भर पानी भी अपार सुख दे सकता है और जहाँ पानी बहुतायत हो, वहाँ पूरी बाल्टी पानी वाला भी अपने आपको सामान्य समझता है, दूसरे प्रसाधनों का सुख-दुख के लिए आंकलन करना शुरू कर देता है। हम, प्रकृति के द्वारा, ऐसे ही बने हैं। गरीब को खाने की लालसा, जिसके पास खाना है, उसे सम्पति की लालसा, जिसके पास दोनो हैं, उसे समाज में ताकत और अधिपत्य की लालसा और जो सब कुछ लिए बैठा है, उसका मन बेचैन है। हम बेचैनी और दुख ढूंढते हैं, चाहते हैं पर बदले हुए भेष में। गिरिधारी जी एम्बुलेंस में बैठ-बैठे मन को समझाते रहे कि अस्पताल ले जाना अच्छा फैसला है, पर जब अस्पताल पहुँचे तो दृश्य अलग था। कोरोना के संभावित मरीजों के लिए दूसरा रास्ता था, और उधर पहले ही चार गाड़ियाँ खड़ी थी। लोग जिरह कर रहे थे और दो पुलिस वाले वहाँ कुर्सी लगा कर बैठे थे। डॉ॰ सलीम बाहर उतरे और जो पुरुष नर्स, पी॰पी॰ई पहने, खड़ा था, उससे बातें करने लगे। गिरिधारी जी पाँच मिनट तो इंतजार करते रहे, पर जब वो वापिस ना आए तो उन्होनें एक नजर पिताजी पर डाली। वो सो रहे थे। सांस तेज थी, पर ऑक्सीजन पर मशीन 92 का निशान दिखला रही थी। गिरिधारी जी भी नीचे आ

गए। जाकर पता चला कि अस्पताल में जगह नहीं है। "जगह नहीं है? कोई प्राइवेट वार्ड हो?"

"कोई भी जगह नहीं है। जगह बनेगी तो आपको बता देंगे।"

"कब तक बनेगी?"

"लोग आते-जाते रहते हैं। आप थोड़ा इंतजार कर लो।"

"लोग आते -जाते रहते हैं" यह वाक्य गिरिधारी जी को अंदर तक हिला गया। उन्होने अपने आप से ही उसका मतलब पूछा और जवाब डरा गया। "कहीं और चल लो डॉ॰ सलीम, रेफर करवा लो।" गिरिधारी जी को क्या कमी थी बरेली से लखनऊ तक हर गली-नुक्कड़ में छोटे-बड़े अस्पताल हैं। जेब में पैसा भी था।

डॉ॰ सलीम ने उस मेडिक को कहा, "नहीं, नहीं, हम चौथे नम्बर पर हैं।" और गिरिधारी जी को पकड़ कर वापिस एम्बुलेंस के पास ले आए। "भाई, कहीं भी कोई बेड नहीं है। कोई भी अस्पताल, जो कोरोना ले सकता है, सब फुल है। यहीं रूकते हैं।"

"प्राईवेट?"

"कुछ भी नहीं। भाई, तुम्हें कोई आईडिया नहीं है कि क्या हो रहा है? अस्पताल तो क्या, मुर्दा घर में भी जगह नहीं है। जहाँ हो वहीं पड़े रहो भाई।" डॉ॰ सलीम सच्चाई से ज्यादा वाकिफ थे। गिरिधारी जी तो टी॰वी॰ भी कम देखने वाले प्राणी थे, उन्हें जो भी थोड़ी बहुत खबर दिखती, उसे मनगढंत कह कर टाल दिया करते थे। पर सच्चाई इस कदर सामने आई तो घबरा गए। यही सच था, पूरे बरेली क्या, पूरे उत्तर प्रदेश में कहीं भी कोरोना के लिए बिस्तर मिलना आसान नहीं था। और यही हाल पूरे देश का था। राजधानी

दिल्ली तो सबसे बुरे हालात में थी। ना बिस्तर, ना आक्सीजन, ना ही मुर्दाघर। टी॰वी॰ पर शमशान घाट की फोटो इतनी भयावह थी कि दूर तक, हर तीन-चार फीट पर लाशें जल रही थी, और बाहर लम्बी लाईन में परिजन अपने घर से लाशें लेकर खड़े थे। टोकन पर नम्बर था और कुछ घंटों की न्यूनतम वेटिंग थी। थोड़ी देर गुमसुम बैठकर गिरिधारी जी अपने पिताजी को निहारते रहे। जब से होश संभाला था, तब से अपनी यादाश्त टटोल कर पिताजी को ढूंढते रहे। एक हाथ से सिर पकड़े, दूसरे से उनका पैर, आँखें चुपचाप आँसू बहाती रही। फिर उन्होंने एम्बुलैंस के बाहर खड़े डॉ॰ सलीम से पूछा, "क्या करें? घर ही ले चलें फिर?"

डॉ॰ सलीम ने दो मिनट रूक कर कहा, "झेल लोगे?"

"ठीक होने की उम्मीद हैं?"

"ठीक तो ऊपर वाले की मर्जी से हो रहे हैं। रिस्क ज्यादा है इस बीमारी में। उम्र है, साँस में दिक्कत है। मुश्किल तो है, पर घर पर झेल लोगे?"

"झेल लोगे?" यह शब्द बहुत पैना था। जब बचपन में गोद में पिशाब किया तो पिताजी ने झेला ही होगा। बदमाशियाँ की होगी, वो भी झेला होगा। लाड़ से पला बच्चा जब बहस करने लगा होगा, तब भी झेला ही था। पिताजी को मास्टरी पसंद थी, बेटे ने दवाई की दुकान खोल ली, वो झेल गए। झेल गए और साथ खड़े रहे। ये परिवार है, प्यार है, झेलना नहीं। क्या होगा? मर जाएगे? ऐसे में भी बेटा साथ बैठा हो तो मौत झेली जाएगी। अकेले, अस्पताल में मरने से अच्छा है घर पर हो आँखों के सामने रहेंगे तो सकून रहेगा।

एक और लाश बाहर आयी और एम्बुलैंस की लाईन थोड़ी आगे सरक गई। पीछे खड़ी गाड़ी ने हार्न दिया तो गिरिधारी जी ने ड्राईवर से कहा, "पीछे मोड़ लो, घर चलेंगे।"

"ऑक्सीजन का इंतजाम आसान नहीं होगा।" एम्बुलैंस तो वापिस चल पड़ी पर डॉ॰ सलीम को पता था कि उस समय ऑक्सीजन सोने से भी कीमती हो रहा था। घर पर साँस की दिक्कत का क्या करेंगे?

"भाई, अब जो होगा, वो होगा.............।" गिरिधारी जी का एक हाथ मानो पिताजी के पैरों पर ही जम गया हो। कृष्णकांत जी बीच-बीच में आँखें खोल रहे थे पर कुछ मिनटों के बाद फिर बंद कर लेते थे। सांस की रफ्तार वैसी ही थी। गिरिधारी जी के मन में विचार आया कि पिताजी सब सुन रहे हैं। बचपन से पिताजी से बहुत सी बातें कहनी थी, कहीं गुम हो गई। कहीं डर से तो कहीं झिझक से। अब समय इस तरह निकल रहा था मानो मुट्ठी में रेत हो। गिरिधारी जी ने पिताजी के पैरों को हल्के से हिला कर पूछा, "पिताजी....." कृष्णकांत जी ने आँखें नहीं खोलीं पर आवाज आई..... "हूँ !"

"घर चल रहे हैं। इधर तो दिक्कत है अस्पताल में.......... घर चलें ना?" पूछ लेना गिरिधारी जी के मन के बोझ को हल्का कर देगा, यही सोचकर उन्होंने नम आँखों से पिताजी की ओर देखा। कृष्णकांत जी ने आँखें खोली और तेज चल रही सांसों के बीच जगह बनाकर बोले,   "घर......। वहीं रखना........। छोटे को बुला.......ले।"

"कुछ नहीं होगा आपको.......। डॉ॰ हैं ना, यहीं तो है। वहीं करेंगे दवाई।"

कृष्णकांत जी ने नजर मोड़ी तो पी॰पी॰ई में बैठे डॉ॰ सलीम दिखे। शक्ल तो दिखी नहीं। खैर उनको ना तो कोई मतलब था, ना उम्मीद। "बुला ले छोटे को........। बूढ़ा हूँ........गंगा नदी में तर्पण कर देना........मरने के बाद.......। घर चल.......।"

पूछ लेना अच्छा हुआ। फैसला लेने की जिम्मेदारी का बोझ पिताजी ने, अपने सिर ले लिया। "उनकी मर्जी थी -घर चलो.....।"

—◦━◆━◦—

गिरिधारी जी स्थिर चित्त के आदमी थे। उम्रदराज पिताजी के गुजरने का दुख उन्हें इतना नहीं होना था पर आभाव और मजबूरी ने मन पर दहशत और ग्लानि की परतें बिछा दी। घर आ गया और लोग भी आ गए। "दूर रहो..............." गिरिधारी जी ने सबको डांटा, "शंकर, बेटा दुकान से पी॰पी॰ई ला। सब पहनो पहले। ऊपर, छत का कमरा खोल दो, पिताजी वहीं रहेंगे।" अगले दस मिनटों में छत का कमरा साफ हो गया। डॉ॰ सलीम ऑक्सीजन के इंतजाम में लग गए। जहाँ फोन करें, वो कोई और नम्बर दे देता था। और फिर वो नम्बर बंद........। गिरिधारी जी और शंकर ने, कृष्णकांत जी को उठा कर छत पर जो छोटा कमरा था, उसमें लिटा दिया। ऑक्सीजन हटने से और गोद में मुड़-तुड़ कर आने से, उनकी तबीयत और खराब दिखने लगी। "डॉ॰ सलीम, कुछ मिला क्या?" गिरिधारी जी ने छत से ही आवाज लगाई।

"नहीं। कर रहा हूँ........।" जब कृष्णकांत जी के होंठ भी थोड़े नीले से दिखने लगे तो उन्होने शंकर को कहा, "नीचे जो एम्बुलैंस है, उनका सिलिंडर ले आ। पैसे दे देना जितने मांगे। जल्दी जा।"

शंकर नीचे भागा। एम्बुलैंस के ड्राइवर ने पहले तो साफ मना कर दिया।   "यही डिमांड का सीजन है। गाड़ी बंद नहीं करेंगे ना?" पर हर ट्रिप के आठ हजार और हर घंटे में एक ट्रिप के हिसाब से अगले छह घंटो का खर्चा, "पचास हजार रूपए" दिए जाने पर ऑक्सीजन का आधा भरा सिलिंडर ऊपर आ गया। कृष्णकांत जी अब बेहोश हो चुके थे। ऑक्सीजन पहुँची तो होठों का नीलापन कम हो गया और सांसो की रफ्तार बढ़ ही गई।

"जा, नहा ले.......।" उन्होंने शंकर को नीचे भेज दिया, "मैं यहीं रहूंगा अभी.....।"

रात के दो बज रहे थे। बाहर शून्य सा सन्नाटा था जो हर दस बारह मिनटों पर एम्बुलैंस की आवाज से ही टूट जाता था। कल तक जो गिरिधारी जी कोरोना को प्रोपेगैंडा मान रहे थे, सामने साँस के लिए संघर्ष कर रहे पिताजी और संसाधनों के लिए खुद के संघर्ष को देख कर टूट गए। "विपदा आएगी तो कुछ काम नहीं आएगा। बस किस्मत.....।" तीन बजे जब डॉ॰ सलीम पी.पी.ई पहने छत पर आए तो घुसते ही गिरिधारी जी ने पूछा, "हुआ कुछ?"

"हां, सिलिंडर अभी एक घंटे में पहुँच जाएगा। बाकि अस्पताल का भी जुगाड़ हो गया है।"   "अस्पताल रहने दो........ यहीं कुछ कर दो भाई।"

डॉ॰ सलीम ने आगे बढ़ कर कृष्णकांत जी को देखा। सांस की रफ्तार कम हो गई थी, पर मेहनत बढ़ गई थी। हर सांस में गर्दन की नसें तन जातीं। "हालत अच्छी नहीं है। नहीं बच पाएंगे।"

गिरिधारी जी नीचे फर्श पर बैठ गए। थोड़ी देर सुबकते रहे फिर बोले, "पिताजी गंगा में तर्पण चाहते थे।"

डॉ॰ सलीम ने उनके कंधे पर हाथ फेरा, "भाई........चाहत छोड़ो और वास्तविकता देखो। श्मशान में भी जगह नहीं है। तुम कहते थे ना- जाही विधि राखे राम, ताही विधि रहिए.......। बस अपने राम जी पर छोड़ दो।"

गिरिधारी जी के जिंदगी में बचपन अच्छा था, दिक्कतें सिर्फ मास्टरी के दौरान ही महसूस हुई थी। जो चाहिए, वो पिताजी इंतजाम कर देते थे। तब चाहत भी कम थी और पिताजी जवान थे। जब जलेबी चाही, पिताजी ने गाँव के बाहर से ला दी। जो एक वाकया अभी भी ताजा दिखता हो वो बचपन का था। गिरिधारी जी सात -आठ साल के होंगे और छोटे भाई पाँच -छह साल के। तब माँ भी जीवित थी। माँ पुजारन किस्म की महिला थी। घर में गाय थी, पर कुत्ते घर के अंदर नहीं आ सकते थे। ऐसे में गिरिधारी जी को एक छोटा सा पिल्ला पसंद आ गया। बच्चों ने रोना- पीटना मचा दिया तो पिताजी ने गाय के छज्जे के बगल में एक कुत्ते का भी दड़बा बना दिया। ठंढ़ का मौसम था, पिल्ला रात में रोता रहा तो बच्चों ने फिर रोना-पीटना मचाया। इस बार माँ ने भी शोर कर दिया कि घर के अंदर कुत्ता नहीं आएगा। पिताजी ने अपनी खाट बरामदे पर लगाई और कुत्ते को पैर की तरफ रजाई में जगह दी। पिताजी बोलते कम थे पर बच्चों पर जान छिड़कते थे। और उनकी जान जाने को हो रही थी और समृद्ध, जवान गिरिधारी जी कुछ नहीं कर पा रहे थे। आधा घंटा और बीता तो कृष्णकांत जी के साँस का संघर्ष खत्म हो गया जो आत्मा पिछले कई घंटों से बाहर निकलने के लिए मेहनत कर रही थी, वो चुपचाप हवा में घुल गई। डॉ. सलीम ने देखा और गिरिधारी जी ने समझ लिया। दोनो बाहर छत पर आ गए। आँखों से चश्मा और चेहरे से मास्क उतार कर लंबी सांस ली और गिरिधारी जी कहा, "अब क्या तरीका है आज कल?"

"एम्बुलैंस बुलाते हैं। शमशान के बाहर भीड़ है, पर जब नम्बर आ जाए।"

"गंगा जी..........."

"नहीं हो पाएगा।"

"सुनो सलीम भाई। आदमी तो चला गया पर मेरे मन पर बोझ है। शरीर का क्या है, कौआ खाए या आग गटक ले, पर मैं उनके लिए यह करना चाहता हूँ। इन्हे गंगा किनारे ले चलें, वही अर्पित कर देंगे। पिताजी की ईच्छा थी.............।"

"पकड़े गए तो डंडे खाओगे।"

"खा लूँगा। तू अपनी एम्बुलैंस बुला ले।"

"मैं नहीं जा पाऊँगा गिरि। तुम पकड़े गए तो भावना में बह रहे पुत्र होगे, मैं पकड़ा गया तो हिन्दू-मुस्लिम हो जाएगा। समझा करो।" डॉ॰ सलीम ने समझाने की कोशिश की, पर गिरिधारी जी को यकीन था कि यही श्रद्धांजलि हो सकती है।

एम्बुलैंस में डालकर वो और शंकर गंगा की तरफ चल पड़े। ड्राइवर संकरे रास्तों से चलता हुआ गंगा नदी के ऐसे तट पर पहुँच गया जहाँ पत्थर थे, खेत थे पर आदमी नहीं थे। गिरिधारी जी ने शंकर को इशारा किया। कृष्णकांत जी का शरीर कुछ मिनटों बाद नदी में तेजी से बह गया। वहीं, गंगा जल उठा कर गिरिधारी जी ने मुँह-हाथ धोया और चार बजे के अंधेरे में ऊपर देख कर पिताजी से माफी मांगी, "जो हो सका पिताजी। माफ कर देना।"

दस हजार रूपए में ड्राइवर यह खबर भूल जाने को तैयार हो गया था।

कोरोना की दूसरी लहर, कहर बन कर आयी। बरेली में कोई ऐसा मोहल्ला नहीं था, जहाँ मौतें ना हुई हो। गिरिधारी जी का अवसाद इस जानकारी के साथ कमतर हो गया। जब सबके घर तांडव हुआ है तो हमारे भी होना था। वो रोज डॉ॰ सलीम से बातें करते थे तो अब यही पूछते कि क्या चल रहा है कोरोना का? जब जबाब में त्रासदी का काला रूप दिखता तो उन्हें अपनी किस्मत बहुत खराब नहीं लगती। घर में किसी और को कुछ भी नहीं हुआ इसीलिए वो खुश भी थे। पर पाँचवे दिन शंकर दुकान से तीन-चार पी॰पी॰ई किट लिये निकल गया। शाम तक नहीं आया तो गिरिधारी जी ने फोन किया। पता चला कि गरिमा और उसकी माँ, दोनो ही बुखार से पीड़ित थी। दोनो का कोरोना टेस्ट हुआ जो पाजिटिव था। शंकर उनका ही इंतजाम कर रहा था। "तू वापिस आ। पागल है क्या? अस्पताल भेज उनको।" गिरिधारी जी के पैरों तले अंगारे आ गए। अभी कुछ दिनों पहले ही कोरोना का तांडव देखा था, शंकर जानबूझ कर आग में कूद रहा था।

"मैं इसे छोड़कर नहीं आ सकता पिताजी।" शंकर ने मासूम आवाज में कहा।

"जो मैं कह रहा हूँ वो कर।" गिरिधारी जी ने गुस्से का भी सहारा लिया पर कोई फर्क नहीं पड़ा। बात खत्म इसी पर हुई "जो जी में आए कर।"

डॉ॰ सलीम वहीं पर थे। गिरिधारी जी ने सारा वाकया बताया और अपनी नाराजगी भी जाहिर की, "साले, जिंदगी भर हम लाड़-प्यार करें और एक पल में लौंडे चुन लेते हैं कि क्या जरूरी है।"

"गिरि........ज्यादा जज्बाती मत हो। उसकी उम्र है, उसके हॉर्मोन हैं। गुस्सा करने से मामला बिगड़ जाएगा।"

"तो क्या करूँ? पंडित लेकर चला जाऊँ, फेरे करवाने।"

"भाई, अभी सबसे बड़ा खतरा क्या है?"

गिरिधारी जी चुप रहे। उनके लिए तो बड़ा खतरा लड़के का हाथ से निकल जाना ही था।   "सबसे बड़ा खतरा है कोरोना। ऐसा ना हो कि शंकर को हो जाए। इसीलिए उसे पी॰पी॰ई॰, दवाई यह सब भिजवा दे। कह कि वहीं रहे, अलग रहे और जरूरत की चीजें बता दो। अभी बुखार और कोरोना में जाकर चिपक तो जाएगा नहीं।"

"और उसको हो गया तो?"

"देख गिरि। ये वायरस है, चायना मेड, वारफेयर के हिसाब से डिजायन किया हुआ है, सो होगा तो सबको ही। बाऊजी तो घर में ही रहते थे, उनको हो गया ना, सुरक्षा रख लो पर इसका कुछ नहीं हो सकता। हर कोई, अलग अलग, उसकी किस्मत और ताकत के लिए जाँचा जाएगा। यह तो तय है।"

थोड़ी देर और वार्ता हुई तो गिरिधारी जी ने शंकर को फोन लगा दिया। पर वहाँ कुछ गड़बड़ थी। शंकर ने फोन उठाते ही कहा, "मैं करता हूँ, दस मिनट में।"

"अब?" गिरिधारी जी ने डॉ॰ सलीम को देखा।

"दस मिनट बोला है तो आधा घंटा रूक जाईए।"

"तब भी ना उठाया या टाल गया तो?"

"तो चल पड़ेंगे। घर का पता है ना?"

"हूँ। पर जाएँगे कैसे? कर्फ्यू?"

"पी॰पी॰ई॰ पहन लेना, एम्बुलैंस है ही, और वहाँ कोरोना भी है ही।"

पर आधे घंटे में शंकर का फोन आ गया। गरिमा कर माँ की तबियत खराब थी। घर पर ही रखना था क्योंकि कहीं भी अस्पताल में जगह नहीं थी। शंकर की कुछ डॉक्टरों से जान पहचान थी और वो उन्हीं के भरोसे जी जान से लगा हुआ था। फोन पर भी उसने यही बताया कि वो अभी नहीं आ सकता है। और उसने दुकान से रेमडेसीविर के इंजेक्शन मंगवा लिए हैं। गिरिधारी जी सिर्फ सुनते रहे, कुछ कह ना सके बस बाद में कहा, "रात तक आ जाओगे?"

"पता नहीं पिताजी। गौरी को छोड़कर आना भी ठीक नहीं। कहीं दाखिला हो पाया, तो आ जाऊँगा।"

"पी॰पी॰ई॰ भिजवा दूँ और?"

"हैं हमारे पास, ले आया था।"

फोन कटा तो गिरिधारी जी मानो दस साल बूढ़े हो गए हों। उनकी आँखें भर आईं। डॉ॰ सलीम ने धीरे से पूछा- "क्या हुआ गिरि?" गिरिधारी जी फूट-फूट कर रो पड़े। दो मिनटों में शांत हुए फिर कहा, "मैं पिताजी की उतनी सेवा नहीं कर पाया। मुझसे ज्यादा तो शंकर उस औरत की सेवा कर रहा है। सलीम भाई, कैसी मजबूरी है यार, पैसा कमाया, नाम बनाया, जान पहचान बनाई और साला एक, ना दिखने वाला, ना नर ना मादा, वायरस ने सब बर्बाद कर दिया। कुछ काम नहीं आ रहा। ऐसा लगता है कि मुर्गा होकर पिंजड़े में बंद हैं और दुकानदार हर बार हाथ घुसाकर एक दबोच लेता है। अफरा-तफरी हर तरफ।"

"भाई कुदरत के पास हजार हथियार हैं। हम लोगों की क्या बिसात। कल दिन पता चले कि कोरोना से लोग बच्चे पैदा की क्षमता खो चुके हैं तो हो गए ना हम डायनासोर ! हम वैसे ही विज्ञान पढ़ते रहे, यहाँ तो किस्मत भी दुरूस्त चाहिए।"

"चाय लेगा। ले ले भाई, क्या पता दुबारा साथ मिले ना मिले।" गिरिधारी जी ने नाक और आँख दोनो साफ करते हुए कहा।

"ऊपर से बरेली देखेंगे। गंगा नदी की पतली नीली लाईन के बगल वाला शहर........"डॉ॰ सलीम हँस पड़े, "वैसे लड़का कैसा है तुम्हारा?"

"लगा पड़ा है। जोश है, प्यार है। बचेगी तो नहीं।"

"क्यों?"

"जो साँस की दिक्कत हो गई फिर कौन बच रहा है। दवाई भी ले गया है- रेमडेसेवीर वाली।"

"उससे तो ज्यादा फर्क ही नहीं पड़ता। अमेरिकन लोगों ने पैसे कमाने के लिए उड़ा दिया, कुछ नहीं है वो !"

"पैसे तो हम लोग भी कमा ही रहे हैं। जो रेमडेसेवीर मेरे पास पड़ा है, यह तो पक्का ही नकली है। हमें क्रेडिट में मिल गया। इसको लगाकर कुछ नहीं होना।"

डॉ॰ सलीम की आँखें बड़ी हो गईं, "भाई गिरि, यह मत कर। फसेगा किसी दिन। सरकार सड़ा देगी जेल में। तुझे क्या कमी है? और कमी हो, तो भी यह गलत है।"

"मेरा शक है भाई। बाकि गलत-सही तो तब हिसाब होगा, जब दुनिया से निकाल लेंगे।" गिरिधारी जी का शक सही था। रात एक बजे ही गरिमा की माँ स्वर्ग सिधार गईं, शंकर बारह बजे से कई बार फोन करता रहा, "पिताजी कोई अस्पताल का जुगाड़ हो जाए, ऑक्सीजन मिल जाए," पर गिरिधारी जी के पास तो इसके लिए सांत्वना भी नकली ही थी। रात एक बजे जब शंकर ने रोकर बनाया कि मम्मी जी नहीं रही तो गिरिधारी जी को उसकी आवाज का दर्द बहुत ज्यादा लगा। उससे कहीं ज्यादा, जो उसने अपने सगे दादा के मरने पर निकाली थी। "बेटा ध्यान रख। मैं एम्बुलैंस भिजवाता हूँ।" यह कहकर उन्होंने डॉ॰ सलीम को मदद के लिए कहा। एम्बुलैंस तैयार थी और गिरिधारी जी पानी पीकर फिर से लेट गए। सुबह उठे तो गले में दर्द था। गिलोई का शर्बत लिया, लौंग-चबाये पर दर्द होता रहा। थोड़ा-थोड़ा, मानो कुछ चुभ रहा हो। इस उम्र में रात में जागने से कुछ तो होना था-यही सोचकर वो चुपचाप कुर्सी पर बैठ गए। शंकर ने सुबह बताया था कि वो गरिमा को लेकर घर आना चाहता था। वैसे भी, माँ के बाद गरिमा के लिए अकेले रहना संभव नहीं था। पर यह बात गिरिधारी जी को नागवार थी। पर जवान लड़के पर क्या गुस्सा करते। "दो-तीन दिनों में कुछ इंतजाम कर

देंगे, अभी तो वहीं रहे। ऐसे घर आ जाना अच्छा नहीं रहेगा। उसके कोई रिश्तेदार तो होंगे !" गरिमा के भी रिश्तेदार थे, पर ना तो कोरोना-काल में आ सकते थे ना ही इतने नजदीकी थे कि गरिमा विश्वास के साथ दरवाजे पर चली जाए। उसके पास विश्वास के लिए एक मजबूत कंधा था, शंकर का। शंकर ने दूसरा रास्ता भी खुद ही बता दिया था, "अभी तो मैं अंतिम क्रिया बगैर करवाऊँगा आज, फिर मैं भी यहीं रूकता हूँ दो दिन। थोड़ा सब कुछ संयमित हो जाए तब आ जाऊँगा।"

"तू वहाँ क्या करेगा?"

"कुछ नहीं पिताजी, गरिमा को इस हाल में अकेला नहीं छोड़ सकता।"

गिरिधारी जी को खालीपन लगा। पिताजी चले गए, बेटा हाथ से निकल रहा था। आवाज दी तो रिंकी भी थकी-थकी सी आयी। "तुम्हें क्या हुआ?"

"बुखार है, मुझे भी और बिटिया को भी।"

"कब से?" बुखार शब्द गिरिधारी जी को अंदर तक डरा गया। कुछ दिनों में गिरिधारी जी ने मौत की खबरें आस-पास से सुनी, पिता के रूप में महसूस की और हर पल, धीरे-धीरे नजदीक आती मौत का अनुभव भी किया था। खाँसी, गले का दर्द, बुखार। इसके बाद साँस में दिक्कत और फिर काले पालीथिन में बंद लाश, यह चक्र भयावह था। उन्होनें रिंकी को कमरे में भेजा और डॉ सलीम को फोन लगाया। "कैसे भी करो।" जब शुरूआती जवाब में "कोशिश करता हूँ" बोला गया।

गिरिधारी जी चाहते थे कि तीनों लोग एक ही कमरे में दाखिल हों, नजर के सामने रहें पर अस्पताल के अंदर ना तो हालात ऐसे थे, ना जगह की उपलब्धता। गिरिधारी जी पुरूषों के तरफ के वार्ड में थे और रिंकी और बेटी दूसरे हॉल में।

"अलग कमरा नहीं होगा क्या?"

"खाली होगा तो अपग्रेड कर देंगे।" डॉक्टर ने रूखा सा जवाब दिया। डॉक्टर, नर्स, कर्मचारी, हर कोई पी॰पी॰ई के अंदर एक जैसा ही लग रहा था। शरीर का कोई भी हिस्सा बाहर ना दिखे, इस तरह का लिबास। सिर पर कैप, चश्मा, मास्क, पी॰पी॰ई का लबादा और हाथों में दस्ताने, जूते पर भी प्लास्टिक का कवर सा। इतने आवरणों के अंदर आवाज पहुँचना और आवाज आना सुगम ना था। "यहाँ तो कैसे रहेंगे?" गिरिधारी जी हताश थे, पैसे भरपूर लगे थे,

फिर भी जनरल वार्ड। एक बिस्तर जो हर तरफ की जगह मिलाकर भी दस गुना बारह फीट की जगह में था, इसके लिए बारह-हजार रूपए रोज के ! वो भी गुप्त धन ।

"बाबा, घर से बुलाने तो गए नहीं। नहीं रहना तो घर जाओ।" इस बार का जवाब गिरिधारी जी के बचे-खुचे आत्मसम्मान को भी तोड़ गया। वो चुपचाप बिस्तर पर लेट गए। नर्स ने साईड टेबल पर एक थर्मामीटर, पल्स ऑक्सीमीटर, टेबलेट के आठ बनी बनाई पुड़िया और पानी रख दिया। ऊँचे स्वर में निर्देश मिल गया। "पल्स ऑक्सीमीटर से हर आधे घंटे में अंगुली पर लगा कर चेक करना है। जो कि 88 से कम आए, या साँस में दिक्कत लगे, आवाज देनी है। बुखार हर दो घंटे में चैक करें और एक -एक पुड़िया सुबह-शाम लेनी है।" जैसे-जैसे निर्देश मिलते गए गिरिधारी जी का दिल डर में समाता गया। कोने में सामान, कहीं बड़ी-बड़ी मशीनें। एक तरफ की दीवार पर स्क्रीन लगी हुई थी। शायद वह कमरा आडिटोरियम या मीटिंग रूम होगा। कोरोना में हर अस्पताल का यही हाल था। डॉ॰ सलीम बताते थे कि कैसे मेरठ में बालकनी में भी बेड डल गए, सीढ़ी के नीचे भी जगह बना रखी थी। दूसरी तरफ का एक मरीज अचानक बीमार हो गया। शोर हुआ तो हर कोई भागा, जो खड़ा था। और हर कोई, जो बिस्तर पर पड़ा था, डर से काँप गया। दो लोग भाग कर हरा पर्दा ले आए, डॉक्टर भाग कर परदे के अंदर कुछ करने लगा और तीन नर्स भी इधर-उधर दौड़ने लगीं, कोई दवाई को तो कोई फोन करने। गिरिधारी जी के बिस्तर से सिर्फ हरा पर्दा दिख रहा था और आवाजें आ रही थी। "ये लाओ, वो लाओ".........आधे नाम तो गिरिधारी जी को समझ आ ही रहे थे।   "स्ट्रेचर लाओ।" इस बार की आवाज पर दो सहायक भागे और कोने में खड़ा स्ट्रेचर ले आए। जब उसे बिस्तर के नजदीक कर रहे थे तो पर्दा हटा और गिरिधारी जी ने अंदर का दृश्य देख लिया। डॉक्टर

उस मरीज की छाती पर हाथ से पम्प कर रहा था, एक नर्स उसे बड़ा से गुब्बारा दबा कर मुँह में हवा डाल रही थी, सब परेशान थे, बस वो मरीज शांत था, निश्चिंत सा, निश्चल.......। उसे उठा कर स्ट्रेचर पर डाला गया और गुब्बारा दबाते हुए नर्स उसे बाहर ले गई। गिरिधारी जी कांप गए, बगल वाले बिस्तर पर एक अधेड़ उम्र का आदमी था, गिरिधारी जी से आठ-दस साल बड़ा। उससे नजर मिली तो पूछ पड़े, "आई॰सी॰यू॰ ले गए क्या बेचारे को?" वो आदमी गिलास में कुछ पी रहा था। उसने दो घूंट खत्म की, अजीब सी शक्ल बनाई और हँस कर बोला, "वो स्ट्रेचर मुक्ति वाहिनी है। आई॰सी॰यू॰ कहाँ जाएगा....।" गिरिधारी जी को लगा कि वो बड़े से कूएँ में गिर गए हों। दूर ऊपर रोशनी है पर पहुँच से बाहर।

"आप कब से हो?"

"मैं परसों आया था। नेताजी हैं ना, रामबीर बाबू, मैं उनका साढ़ू हूँ। तभी बिस्तर मिला था।" गिरिधारी जी को अपना बिस्तर भी ठीक ही लगने लगा।

पाँच मिनटों में एक नया मरीज उसी बिस्तर पर आ गया और नर्स उसे पल्स-ऑक्सीमीटर समझाने लगी।

"आप ठीक हो?" गिरिधारी जी ने बात आगे बढ़ाई।

"बिल्कुल मस्त। एलोविरा और आँवला ले रहा हूँ। मुझे कुछ नहीं होना। वो तो साढ़ू भाई ने जिद कर दी।"

"कोई-कोई मर भी रहा है, बीमारी जटिल है।"

वो आदमी हँस पड़ा। हँसने से खाँसी हुई पर हँसी तेज थी। "भाई, दो दिनों में बारहवाँ है ये मुक्ति वाहिनी पर। तांडव चल रहा है खुलेआम"।

गिरिधारी जी कुछ देर बाद नर्स से पूछा, "मेरी पत्नी और बेटी भी अस्पताल में ही दाखिल हैं, उनका कुछ हाल बता देते।"

"उधर का मुझे पता नहीं है। दूसरी टीम है उधर।"

हर कोई रूखा, हर कोई परेशान। उनके पास फोन था पर रिंकी के पास नहीं था। उन्होंने एक दो बार डॉक्टर से भी पूछने की कोशिश की। जब उनके सब्र का पैमाना भर गया तो वो चीख पड़े, "अरे पता नहीं है, पता नहीं है क्या होता है। कौन बताएगा मुझे कि उनका क्या चल रहा है।"

ऊँची आवाज पर एक और डॉक्टर नजदीक आ गया, "बाबा, तुम मरीज हो यहाँ, तीमारदार क्यों बन रहे हो? घर पर कोई है?"

"लड़का है।"

"उसको खबर दे रहे होंगे।"

"पर मुझे जानना है।"

"यहाँ जीने मरने की फुर्सत नहीं है और तुम्हें हम समाचार वाले लग रहे है। पहले डॉक्टर ने खीझ कर कहा, "जब बता दिया कि हमें पता नहीं तो समझ लो ना। यहाँ का काम छोड़कर, भाग भाग कर आपको खबर देते रहें । दूसरे डॉक्टर ने भी नाराजगी जताई, "महामारी चल रही है, खाँसी-जुकाम का ईलाज नहीं चल रहा। कोई खबर नहीं है, यह भी एक अच्छी खबर है।"

दोनो दूसरे मरीज पर गए तो गिरिधारी जी ने डॉ॰ सलीम को फोन किया, "भाई, कोई कुछ सुनता ही नहीं है। रिंकी और बेटी का अभी तक कोई हाल नहीं पता। पता कर दे। इससे अच्छा तो घर पर, नजर के सामने तो रहते सब।"

डॉ॰ सलीम अच्छे मित्र थे और अच्छे इंसान भी। उन्होनें अपनी तरफ से कोई कोर कसर नहीं छोड़ी थी पर ना तो कोई हमेशा फोन पर था और जो फोन उठाता, वो मरीज के पास नहीं होता था। वो इतना ही बता पाए, "ठीक हैं वो दोनो, उनकी चिंता मत करो।"

नई जगह, हर तरफ शोर, कहीं कोई मर रहा, कहीं कोई डर रहा, शाम हुई तो पता नहीं चला और रात हुई तो अंधेरा नहीं हुआ। गिरिधारी जी को नींद नहीं आई पर वो आँखें बंद करके पड़े रहे। बंद आँखों में एक समानान्तर दुनिया दिखती है। अलग ढंग से बीते हुए पल दिखते हैं और अलग रंग में भविष्य नजर आता है। गिरिधारी जी भी हर दस मिनटों में आँखें खोलते तो मानो पन्ना पलट दिया हो, फिर आँखें बंद करते और जिंदगी के दूसरे पन्ने में रम जाते। उन्हें याद आने लगा कि कैसे बेटी को स्कूल छोड़ने जाते वक्त वो पैरों से चिपक जाती थी और उन्हें अफसोस होता था कि उन्होने मास्टरी क्यों छोड़ी, वरना अपने स्कूल में ही पढ़ा लेते। आज वो दूसरे ही हाल में थी। क्या पता याद कर रही हो। या फिर अब बड़ी हो गई है तो माँ के साथ आराम से हो। आँखें खोली तो देखा कि वही रोशनी, खाँसी, आवाजें आस पास थी। पन्ना पलटा, रिंकी को जब गिरिधारी जी ने बताया कि वो मास्टरी छोड़कर दवाई दुकान चलाना चाहते हैं, तो वो मना करने लगी। कौन भला नौकरी छोड़ता है? पर जब गिरिधारी जी ने अपना फैसला अडिग बताया तो रिंकी ने सुर बदल दिया, "आप जो करोगे, साथ खड़ी हो जाऊँगी, जैसे रखोगे, साथ रह लूँगी। बीबी हूँ मैं, अर्धांगिनी।" और आज वो साथ नहीं, दूसरे हॉल में थी। मियाँ-बीबी दोनो चालीस के पार और सुना था कि चालीस से ऊपर वालों पर खतरा था। कहीं वो खाँसी की आवाज रिंकी की तो नहीं? गिरिधारी जी ने फिर आँखें खोल ली, पन्ना पलट दिया। कब नींद आई, पता नहीं। आँखें खुली तो देखा कि बगल वाल बिस्तर पर पी॰पी॰ई॰ पहले लोग लगे हुए थे। एक बेड के ऊपर घुटनों के बल चढ़ा, हाथों से छाती पर दबाव डाल रहा था, दूसरा साँस देने के लिए गुब्बारा दबा रहा था। आवाजें आ रही थी, "सक्शन" "ट्यूब डालो" "इ॰सी॰जी॰"...... जो पर्दा गिरिधारी जी और उस दृश्य करे अलग कर रहा था, वो

नाकाफी पर्दा था। गिरिधारी जी का दिल बैठ गया, मानो दिल ने मना कर दिया हो कि बस, अब नहीं धड़का जाता। वो आँखें बंद करके लेट गए। आवाजें बदलती रहीं और उनको समझ आया कि आई॰सी॰यू में जगह नहीं थी और जो आइसोलेशन वाली जगह थी, वहाँ पहले से कोई लाश रखी थी। जब शांति हुई तो उन्होंने करवट लेकर आँखें खोली। सामने रामवीर बाबू का साढू, सफेद, जीवन हीन पड़ा था। आँखें आधी खुली, होंठ नीले और चेहरा बर्फ जैसा सफेद। छाती तक सफेद चादर से ढका हुआ। ना हँसना, ना खाँसना, मृत। बिस्तर के बगल में एलोवीरा की शीशी, गिलास, पानी, फल सब रखे। गिरिधारी जी की आँखों से आंसू बहने लगे। कुछ मिनटों में दो लोग आए और लाश को एक प्लास्टिक के कवर में लपेट कर स्ट्रेचर पर डाल दिया। स्ट्रेचर जब चला तो उसकी पुरानी रबड़ की चर्र-चर्र कर घिसटने की आवाज यूँ आयी, मानो गिरिधारी जी के सीने पर आरी चल रही हो। वो डर से, जोर से अपनी आँखें बंद किए पड़े रहे। रामवीर बाबू का साढू, शाम तक तो ठीक ही था। थोड़ी बहुत खाँसी पर इतनी नहीं की मर जाए। जब हँसता खेलता आदमी, इतनी पहुँच वाला, यूँ ही चला गया तो गिरिधारी जी तो बेचारे ही थे। पैसे देकर जगह बना ली पर कुंडली बदलवाना संभव नहीं। हालाँकि उनकी हालत देखकर एक नर्स ने उन्हें काफी समझाया, दिलासा भी दिया और बताने की कोशिश की, कि मरने वालों में दिक्कतें ज्यादा थी और वो ठीक हैं। उन्हें चिंता नहीं करनी चाहिए और सोचना चाहिए कि वो ठीक होंगे, जरूर होंगे। पर इन दिलासों पर गिरिधारी जी को कोई ध्यान नहीं था। उन्होंने पूछा, "इन भाई साहब को आप लोगों ने बता दिया था कि तबीयत बिगड़ रही है?"

नर्स ने ना में सिर हिला दिया, "हमें पता लग गया था। घरवालों को बता दिया था। उन्हें बताते तो वो और भी डर जाते।"

"हो सकता है कि आप मेरे बारे में मुझे इसीलिए नहीं बता रहे।" गिरिधारी जी ने मुस्कुराने की कोशिश की, पर क्षण भर में ही फिर से रो पड़े। नर्स उठ कर चली गई, बोल गई, "ऐसा नहीं है बाबा, आप ठीक हो।" बीस मिनटों में ही उस बिस्तर को साफ करके, किसी और को दे दिया गया। जो अब आया, वो ज्यादा ही बीमार था। ऑक्सीजन पर भी वो हाँफ रहा था। गिरिधारी जी बार-बार उस आदमी की तरफ देख रहे थे। सत्तर-बहत्तर साल का, अच्छा तगड़ा-मोटा इंसान। ऑक्सीजन पर भी साँस की मेहनत दिख रही थी, आँखें बंद, मानो गिन रहा हो। पाँच-छहः बार वो तेज साँस लेता फिर खाँसी करता, दो गहरे साँस लेता और फिर यही चक्र शुरू। तभी वो नर्स वापिस आयी, हाथ में मोबाइल लिए। "बात कर लो बेटी और बीबी से। ठीक हैं वो लोग। तुम भी ठीक हो जाओगे, मैं सच कह रही हूँ।" गिरिधारी जी ने नजर उठा कर नर्स को देखा, मानो बरसों के भूखे को कोई रोटी दे रहा हो। उन्होंने अगले ही पल मोबाइल लेकर कान पर लगा लिया। फोन से पता चला कि बेटी बिल्कुल ठीक है और बीवी ऑक्सीजन पर ठीक है। दोनों से बात हुई। जब बंद करने का बटन दबाया तब गिरिधारी जी बुदबुदाए, "मैं तुम लोगों से बहुत प्यार करता हूँ।"

"अब खुश हो?" नर्स ने मोबाइल वापिस लेते हुए कहा। गिरिधारी जी को लगा मानो साक्षात देवी माँ सामने खड़ी हो। वो झुक कर उसके कदमों में हाथ लगाकर बोले, "तुम्हारा जिंदगी भर का अहसान है सिस्टर। बच गया तो तुम्हारे कर्जे में रहूँगा।"

"क्या करते हो बाबा, तुम्हारी बेटी जितनी बड़ी हूँ।"

कोरोना की खबरें हर जगह से अलग-अलग थी पर थी मौत ही। अमेरिका और यूरोप में मौत की खबरें ज्यादा थी पर उनकी रिपोर्ट बार बार कह रही थी कि भारत मौतों को छिपा रहा है। यहाँ भी कई लोग ऐसा ही लिख रहे थे। यह पहली लहर में तो मानने लायक था, जब कोरोना होते ही अस्पताल में बंद और परिवार चारदीवारी में बंद हो जाता था। इस डर से कि पुलिस और प्रशासन का चक्कर पड़ेगा, लोगों ने जाँचें भी नहीं करवाई और कई लोग घर पर ही मर गए। पर अब, दूसरी लहर में ऐसा नहीं था। परिवार के लोग साथ आ रहे थे। मास्क थे, पी॰पी॰ई॰ थी और अधिकतर पुलिस वाले और अस्पताल कर्मचारी टीका लगवा चुके थे। भारत में प्रथम सम्पर्क के लोगों को टीका मिला था और वो भी मुफ्त। पर इतना विशाल भारत कि संख्या लाखों में नही, करोड़ों में भी नहीं बल्कि अरबों में है, इसका एक प्रतिशत भी करोड़ो में आता है। गिरिधारी जी बिना टीका वाले हिस्से में थे। गिरिधारी जी की आँख अपने आसपास खट-पट होने पर खुली एक नर्स उनके हाथ को पकड़ कर अंगुली पर मशीन लगा रही थी। डॉक्टर भी खड़े थे। गिरिधारी जी खुद को ठीक महसूस कर रहे थे पर मशीन कुछ और कह रही थी। उनका सैचुरेशन 88 प्रतिशत था। उन्हें ऑक्सीजन लगा दिया गया और डॉक्टर ने उल्टा लेटने को कह दिया। वो लोग आपस में बात कर रहे थे कि जैसे ही बेड खाली होगा, उन्हें आई सी यू में भेज दिया जाए। गिरिधारी जी को लगा मानो नाजी कैंप में पड़े हो और मास्क से जहरीली गैस दी जा रही हो। और खड़े लोग प्लान कर रहे हों कि इसके बाद क्या करना है। कि बॉडी कैसे पैक होगी, कहाँ रखी जाएगी। उन्होनें डर से आँखें बंद कर ली। कुछ घंटों पहले ही उन्होनें अपने आस पास, ऑक्सीजन वालों को लाश में बदलते देखा था। वो चाहते थे कि चीख कर कहें-नहीं........मुझे आई॰सी॰यू मत भेजो। पर डर ने जुबान जकड़ ली। किसका हाथ

थामें, समझ नहीं आया। ऐसा लगा कि कुँए में गिर रहे हों और सारे हाथ एक-एक कर छूट रहे हों। मन में ही चिल्ला सके, "राम-बचा लेना मालिक।" गिरिधारी जी, अपनी किस्मत और डॉ॰ सलीम की बदौलत आई॰सी॰यू तक पहुँच गए। डॉ॰ सलीम की सिफारिशों से ही बेड मिला था और आई॰सी॰यू भी। पहले दिन मास्क से ऑक्सीजन लेते रहे तो डर था, पर दूसरे दिन बाई-पैप नाम की मशीन चेहरे से चिपक गई। उसमें साँस लेना, मानो तेज तूफान में साँस लेने जैसा था। पहली बार तो गिरिधारी जी ने अपने हाथों से ही उसे उतार फेंका। नर्स ने आँखें दिखलाई, वो नहीं माने। डॉक्टर ने मशीन दिखलाई जिस पर संचुरेशन अस्सी-बयासी आ रहा था, वो नहीं माने। फिर उनके बेजान शरीर को दोनो तरफ बांध दिया गया। और बाइपैप मशीन फिर से चेहरे पर चिपक गई, हँसती हुई, मजबूरी पर अट्टहास करती हुई। गिरिधारी जी को दम घुटने और सामने खड़ी मौत का अनुभव होने लगा। बस आवाज आ रही थी-साँय-सायँ, जब भी साँस छोड़े तो मानो पत्थर रखा हो। और भी आवाजें थी, "बाबा, इससे लड़ना नहीं है। इसके साथ साँस लो।" गिरिधारी जी ने आँखें बंद कर ली। जब गिरिधारी जी के दादा जी मरे, तो उन्होंने एक उत्तम मौत प्राप्त की थी, ऐसा वो सुनते आ रहे थे। दादा जी ने नास्ता मंगवाया, पर किया नहीं। जिद की कि कोई रामायण सुना दे। और रामायण सुनते-सुनते ही आँखें बंद कर ली थी। वो नब्बे साल के थे। लोग खुश हुए थे कि कितनी उत्तम मृत्यु मिली। गिरिधारी जी भी बंद आँखों के पीछे श्रीराम, रामायण सब ढूंढने लगे। क्षणिक रूप् से लगा भी हो कि प्रभु आए हैं, फिर से घर, परिवार, व्यापार, सब चक्कर काटने लगता। फिर वो ध्यान लगाते कि दादा जी को ही याद कर लें, पर सामने पिताजी का शव दिख जाता। एक भरी-पूरी जिंदगी का ऐसा अंत-बस एक पाँच-छहः फुट की लाश ! उनका डर और बढ़ जाता। तभी उन्हें लगा कि

पिताजी खड़े हैं, नाराज से। नीले-बिना ऑक्सीजन के। कह रहे हों, कि डर मत, सब राम में समा जाएगे.....फिर कैसा डर। आँखें बंद कर गिरिधारी और कूद जा। आगे की आवाज मशीन के साँय-साँय में दब गई। गिरिधारी जी ने मन की बोझिल आँखें बंद कर ली और बेहोश हो गए।

शंकर के लिए घर एक मरघट जैसा था। गरिमा भी साथ में थी पर रोमांच नहीं था। उसकी माँ का संस्कार कुछ हफ़्तो पहले ही हुआ था और शंकर के परिवार के तीन लोग अस्पताल में थे। कौन कौन आएगा, पता नहीं। घर पर किसी का आना नहीं था, घर से बाहर जाना नहीं था। टीवी देखो तो मौत, और गाने सुनने की मानसिक स्थिति नहीं थी। उसने दुकान से निकाल कर रेमडेसिविर भी डॉ. सलीम को दे दी, गिरिधारी जी के लिए। और माँ और दीदी के लिए भी। एक ही सहारा था, मोबाइल। दिन में दसियों बार अलग अलग लोगों से बातें करना, अपना दुख बांटना। जब कोई कहता कि कुछ नहीं होगा तो खुश हो जाता था। जब कोई कहता कि उसके जानकार भी मर गए तो दुखी हो जाता था। गरिमा सीधा-सादा खाना बनाती और दोनों चुपचाप खा लेते। कम बातें करते थे। गरिमा पूजा-पाठ में लग जाती थी। क्या पता ससुराल वाले ही बच जाएँ, माँ की कमी कम हो जाए। पर जो फोन आया, उसने स्थूल उम्मीदों को निश्प्राण कर दिया। "आपकी रिश्तेदार 'वणिता' दाखिल हुई थी कोरोना से.........उनकी तबीयत बिगड़ गई। मशीन पर डाल रहे हैं।"

शंकर के ऊपर मानो वज्रपात हो गया, "पर........दवाई तो दे दी ना। भिजवाई थी।" "रेमडेसीविर? वो तो दे दी, पर हालत अच्छी नहीं है। जो होगा वो बताएँगे।"

इस तरह के फोन का मतलब शंकर को पता था। पहला फोन एक सूचना से पहले की संभावना होती थी। उसका मन काँप गया। उसके मन पर काबू रखकर डॉ सलीम को भी फोन लगाया। वहाँ बात नहीं हो पाई। इधर-उधर भटकता रहा, अस्पताल में नम्बर डायल किया पर वो सदा की तरह व्यस्थ था। जब मन के संभाले आँसू रेंगते हुए आँखों तक आ गए तो गरिमा से ही बातें शुरू की। "बहन की तबीयत ठीक नहीं है।"

गरिमा को "तबीयत ठीक नहीं" होने का दर्द हो चुका था। फिर भी वणिता जवान थी और स्वस्थ भी। "उसको क्या होगा, वो तो जवान है।"

"वेंटिलेटर पर डाला है अभी........." शंकर ने भरे गले से कहा। कुछ मिनटों तक तो गरिमा को भी समझ नहीं आया कि क्या प्रतिक्रिया दे। यह नहीं था कि जवान नहीं मर रहे थे। हर दिन होने वाली हजारों मौतों में लगभग 20 प्रतिशत तो जवान ही थे। नई शादी के जोड़े, जवान डॉक्टर और इन्टर्न, सब काल के हाथों बराबर नापे जा रहे थे।

"पता करो ना जाकर।" गरिमा ने शंकर को समझाया।

"क्या पता करूँ। ना कोई बात करने वाला, ना घुसने देगा अंदर। डॉ॰ सलीम भी फोन नहीं उठा रहे।"

"मैं जाती हूँ। शायद महिला समझ कर.........।"

"रहने दो। खतरा भी तो है।"

गरिमा गुस्से से चिल्ला उठी, "खतरा है तो रहे। आँखों के आगे सब मरते जा रहे हैं, माँ गई, तुम्हारे दादा गए। क्या चुपचाप बैठकर इंतजार करें। क्या करेंगे हम अकेले जी कर शंकर? ढंग से दाह-संस्कार भी नहीं कर पा रहे। तुम यहीं रहो, मैं लड़ कर आती हूँ। मर गई तो माँ मिलेगी, बच गई तो माँ को शांति मिलेगी।"

शंकर ने तर्कों का हवाला दिया पर गरिमा ने मास्क पहना, बैग रखा और स्कूटी उठा कर चल पड़ी। पुलिस रोकेगी, तब देखेंगे। शंकर चुपचाप आँसू बहाता हुआ डॉ॰ सलीम के नम्बर पर दुबारा फोन करने की कोशिश करने लगा।

❖

अस्पताल के बाहर का दृश्य अलग ही था। मेन गेट बंद था। एक रास्ता था जिस पर एम्बुलैंस आ जा रही थी। गरिमा उसी में अंदर घुस गई। स्कूटी खड़ी करके आगे गई तो देखा कि दो लोग बैग में मृत शरीर डाले हुए, स्ट्रेचर खींच कर बाहर ला रहे थे। दो लोग नए मरीजों को अंदर ले जा रहे थे। किससे पूछें, पता नहीं चला। हर आदमी, दूसरे से दूर रहना चाहता था। "डॉक्टर से मिलना है।" गरिमा ने जोर से आवाज लगाई तो दोनो लोग ठिठक गए। "मेरा मरीज अंदर ठीक नहीं है, मुझे डॉक्टर से बात करनी है।"

"ऐसे नहीं मिल सकते मैडम, चार बजे शाम में दूसरी तरफ से मिलो।" एक ने रूखा सा जवाब दे दिया। गरिमा चिल्ला उठी, "अभी मिलना है। मैं कहीं नहीं जा रही।" गरिमा ने वहीं, जमीन पर आसन जमा लिया। दो गार्ड दौड़ कर आए पर उसे ना तो समझा सके, ना ही उठे सके। शोर बढ़ गया तो और लोग भी बोलने लगे कि किसी को नहीं पता अंदर क्या हो रहा है। पाँच मिनटों के बाद पुलिस भी आ गई। दो महिला पुलिसकर्मी भी डंडा लेकर आगे आई, "हटो यहाँ से........"

"सिर पर डंडा मार लो, मर जाऊँगी, पर बिना डॉक्टर से मिले नहीं जाऊँगी।" पुलिस ने आसपास देखा, लोग विडियो बना रहे थे। कुछ बातें हुई और दस मिनटों के बाद गार्ड गरिमा के लेकर अंदर चला गया। अंदर दूसरे कोने पर दो डॉक्टर खड़े थे।

"बताईये, क्या हुआ?" गरिमा ने अपना परिचय गिरिधारी जी की बहू के रूप में दिया। उसने बताया कि घर में दो लोग मर चुके हैं और तीन वहाँ दाखिल हैं। आँसू बहाए और हाल जानने की कोशिश की। उसे वहीं थोडी देर कुर्सी पर बैठा कर डॉक्टर चले गए और जब वापिस आए, तो खबर अच्छी नहीं थी। "तीनों ही अच्छे नहीं हैं। जो आपकी ननद हैं, वो तो ज्यादा ही बीमार हैं। साँस की

मशीन पर हैं और आज सुबह से ही हालत बिगड़ी है। उनका बचना तो मुश्किल है। पिताजी और माताजी, दोनो ही ऑक्सीजन पर हैं, पिताजी को बाइपैप की जरूरत पड़ रही है, माता जी डाई-फ्लो ऑक्सीजन पर हैं। और यह सब हम लोग आपके पति को बता चुके हैं।" आखिरी लाईन पर जोर था। "जब सब पति को बता दिया तो क्यों शोर मचा रही हो," इस अर्थ की पंक्ति थी वो।

गरिमा का दिल बैठ गया। "मतलब कोई नहीं बचेगा?"

"मतलब खतरा ज्यादा है। कोशिश बचाने की ही चल रही है, पर अभी कुछ भी पक्के से बताना संभव नहीं है।"

गरिमा हल्की जिरह में लगी रही कि कुछ और हो सकता हो, प्लाजमा चढ़ा कर देख लें या कोई और दवाई......। कुछ ही मिनटों में डॉ॰ सलीम भी आ गए। वो अस्पताल की तरफ नजर आए, बताते हुए कि हर संभव कोशिश चल रही है।

"मुर्दे को सजा कर क्या करेंगे चाचा जी, मुझे तो नहीं लगता कि कोई भी ठीक होगा। हम घर ले चलते हैं ना?"

"घर?" डॉ॰ सलीम के लिए यह अनुरोध चैंकाने वाला था।

"हाँ चाचा, मरना है तो घर में मरें, आँखों में परिवार देख कर मरें। अब हमें डर नहीं चाचा, होता हो तो हमें भी हो जाए, साथ ही मर लेंगे। घर ले चलते हैं ना !" इस बार गरिमा की बातों में आग्रह से ज्यादा फैसले की झलक थी। बात के जोर से डॉ॰ सलीम और साथ खड़े डॉक्टर समझ गए कि गरिमा गंभीर है। थोड़ी देरी की बात के बाद डॉक्टर ने कहा, "देखो, आप डॉ सलीम के जानकार हो। मैं साफ-साफ बताता हूँ। ठीक होने की संभावना अच्छी नहीं है। घर ले जाना समझदारी तो नहीं है पर व्यावहारिक रूप से उचित है। ऑक्सीजन की जरूरत है, वो इंतजाम कर लो। बाकी सच्चाई

यही है कि जिसको भी ऑक्सीजन से ज्यादा की जरूरत पड़ रही है, वो नहीं बच रहा।"

गरिमा ने जवाब में सिर हिला दिया।

"ऑक्सीजन, डॉ॰ सलीम करवा देंगे। कुछ सरकारी ऑक्सीजन कंसंट्रेटर हैं, आपको मिल जाएंगे। जो आपकी ननद है, वो तो इस हाल में नहीं है कि घर जा सके। बाकी दोनों को ले जाओ......।" गरिमा ने शंकर को फोन किया और अपना फैसला सुना दिया। कुछ देर में एम्बुलैंस में गिरिधारी जी डाल दिए गए। उन्हें देखकर गरिमा के आँसू निकल आए। चेहरा सूज चुका था। वजन मानो दस किलो कम हो गया हो। मास्क से ऑक्सीजन जा रही थी, पर साँस की रफ्तार चालीस के पार थी। कुछ बोल नहीं पा रहे थे। आँखें खोलते, आस पास देखते और फिर थक कर सो जाते थे। "आप पहले इनको घर पर पहुँचा आओ, फिर माता जी को ले जाना।" डॉक्टर की सलाह गरिमा को उचित लगी। घर में ऑक्सीजन का इंतजाम भी हो रहा था। कंसंट्रेटर के अलावा, एक सिलिंडर भी मिल गया था। गरिमा ने एम्बुलैंस में अपने लिए जगह बनाई और गिरिधारी जी ने आँख खोलकर मानो रजामंदी दे दी हो।

मनुष्य का दिमाग एक उलझी हुई संरचना है। परिस्थितियों का विवेचन और आंकलन, जितनी बुरी तरीके से यह करता है, उस पर कुदरत को हँसी ही आती होगी। एक सनक है, अपने आपको ऊपर दिखलाने की, सुधरने की बिना जरूरत महसूस किए होने वाला सुधार लाभकारी नहीं भी हो सकता है। हम चाहते हैं कि हमारा नायक वह हो जो जान की परवाह ना करे, फिर चाहे वो अभिनेता हो, सैनिक हो या आयकर विभाग का ईमानदार अधिकारी। पर हमें सबसे ज्यादा परवाह भी जान की ही है। यानि जो हम होना चाहते हैं, वो हम होना नहीं भी चाहते। हमने पेड़ काटे और हम ही पेड़ को रोएगे, हम नदी को गंदा कर रहे हैं और हम ही नदी पर आँसू बहाएँगे। प्रकृति इस अदभुत दृश्य पर मुस्कुराती है। करोड़ो योनियों में एक मनुष्य और अरबों मनुष्य में कुछ लाख अगर मर भी गए तो पता भी नहीं चलना। अपनी बनाई मुश्किलों से खुद को उलझाना और फिर सुलझाने की कोशिश में व्यस्त हो जाना शायद इसी चक्र को जीवन कहते हैं। फिलहाल गिरिधारी जी तो उसी दिन इस चक्र से मुक्त हो गए। घर आए तो खुश थे। साँस तो अस्पताल में भी भारी थी, यहाँ भी भारी थी, पर आँखें शंकर को देख पा रही थी। अस्पताल में तो मौत सिर पर थी और आँखें मौत पर। शंकर को देखा तो उन्हें लगा कि आँखें उनके जैसी है। नाक रिंकी जैसी पर माथा बिल्कुल उनके जैसा। मानों साक्षात वो ही दो रुपों में रहेंगे। आँखें बंद की तो लगा कि मानो वो पेड़ की शाखा हों और कोई काट रहा हो। पेड़ हँस रहा था, "ले जाने दो, अभी कई शाखाए हैं।" रात में शंकर के हाथें से दलिया खाया। गरिमा पैर दबाती रही और लंबी साँस लेकर गिरिधारी जी दुनिया से रुखसत हो गए। बस शाम में एक दो बातें बोल पाए थे, जो घर में गूँजती रही। एक कि - "यहाँ लाकर अच्छा किया" और दूसरा कि, "बाकी लोग कैसे हैं।" पहली बात गरिमा का अपराध बोध हटा गई। दूसरी बात का कोई

जवाब नहीं था। वणिता उसी शाम मृत घोषित हो गई थी। रिंकी की जिंदगी में दुर्गति लिखी थी। गिरिधारी जी मरे तब एक बड़ा सवाल खड़ा हुआ- "अब क्या?" मौत से उनकी मुक्ति हो गई, पर शरीर तो यहीं छोड़ गए, और दाह-संस्कार इतना आसान नहीं था। जब एम्बुलेंस से उन्हें डालकर शंकर और डाक्टर सलीम श्मशान पहुँचे तो वहाँ छः आठ घंटे की प्रतीक्षा की सूचना थी। बिजली घर उस जगह था नहीं, और कोरोना का मृत शरीर लेकर लखनऊ या कानपुर के दूसरी ओर जाना सभंव नही था। शंकर ने बेचैन होकर कहा, "चाचा चलते है यहाँ से।"

"कहाँ?"

"चलो, पहले घर चलते हैं।" गाड़ी घूम कर घर के नीचे खड़ी हो गई। गरिमा भी नीचे आ गई। डॉ॰ सलीम ने समझाने की कोशिश की, "हर तरफ भीड़ है बेटा। वहीं लाईन में लग जाते।"

शंकर ने नाराजगी से कहा, "चाचा, देखो आपके लोग कैसे संस्कार कर रहे थे। किसी तरह चिता पर फेंक कर, आधा-सीधा फूँक रहे थे। पिछले वाले की राख भी ढंग से नहीं हटा रहे थे, बस आग में डालते जाओ। अरे, पिताजी का शरीर है, इतना तो कर सकते हैं कि विधि -विधान से विदा करें।"

"बेटा ये विधि-विधान वक्त और इंतजाम के हिसाब से होते हैं। अभी जो समय है, वह दुरुस्त नहीं है।"

"जैसे दादा जी का किया था। गंगा में बहा देंगे, रात में। कम से कम गंगा नदी तो नसीब होगी।" शंकर ने रोते हुए कहा। शंकर जब अंधेरे कूँए में गिरने की अनुभूति कर रहा था, तब हर रिश्ता, हर जान पहचान रौशनी की किरण की तरह आते और गायब हो जाते। कहाँ और कैसे चीजें होगी, समझ से परे थी। तभी याद आया

कि ताऊजी पंडित हैं। रिश्ते के हिसाब से भी उनको खबर तो देनी ही थी, वही उपाय बता देंगे। उसने सुबकते हुए ताऊजी को फोन कर दिया। उधर पंडित जी की जिंदगी में तूफान धीरे-धीरे आया था, सीलन की तरह। घर में गिनती तो पूरी रही पर पंडित जी के अंदर का इंसान थोड़ा बदल गया था। जब तक उनमें अकड़ थी और सच्चाई की धमक थी, वो चिट्ठी भी लिखते थे, पर वक्त ने उन्हें अलग रास्ता दिखला दिया। मंदिर फिर से बंद हो गए और जो भी राशन-पानी जमा था, खत्म होने को आया। पिछले साल के लॉकडाउन में तो घर पर राशन पहुँच रहा था, इस बार ना कोई पूछने आया, ना किसी का नम्बर लिखा था। पहले उन्होने सोचा कि दिन खुद ही बदलेंगे पर जब ऐसा नहीं हुआ तो उनके अंदर का विद्रोही जाग गया। वो स्थानिय नेता के घर पहुँचे। मांगने नहीं, यह बताने कि घर-घर राशन पहुँचाना सरकार का काम है। यह कि लॉकडाउन में प्रधानमंत्री जी ने घोषणा की थी। नेता जी तक तो पहुँच नहीं पाए, पर किसी और ने ही भगा दिया, "कैसा लॉकडाउन? अब तो अनलॉक 1,2,3 चल रहा है। भागो यहाँ से।" खैर, जब वापिस लौटे तब अहसास हो गया कि हार का स्वाद कैसा होता है। भाई के दिए पैसे काम आए और धीरे-धीरे ही सही, गाड़ी चलती रही। पर हारे हुए पंडित जी अपने आप से लज्जित थे। ना बच्चों को रामायण का ज्ञान देते, ना दुनिया जहान की खबर रखना चाहते। ऐसे में शंकर का फोन भी उन्होने झिझकते हुए ही उठाया था। "पापा नहीं रहे।" यह शब्द पंडित जी के चारों तरफ खड़े संकोच के आवरण को हिला गया। अपना भाई, जिसके पैसों से घर चल रहा था, वो चल बसा! पर जब वास्तविकता की परतें खुलीं और पता चला कि ना ईलाज काम आया, ना चिता नसीब हो पा रही, तब पंडित जी का दिल बैठ गया। मनुष्य की दुर्गती अगर मृत्यु पश्चात भी पीछा ना छोड़े तो कष्ट कई गुना बढ़ जाता है, हालाँकि

यह कष्ट रिश्तेदारों का होता है। भाई के लिए कुछ कर नहीं पाए, पिताजी भी चले गए.........भाभी मरणासन्न है और भतीजी भी नहीं बची। प्रभु !! कितना कोप !!

शाम के ढलते सूरज के साथ ही, गिरिधारी जी को नहला कर, घी, हल्दी वगैरह लेप कर, छोटी लकड़ी, गद्दे, कागज और पुराने कबंल में घी और तेल डालकर बने बिस्तर पर लिटा दिया गया। संस्कृत के मंत्र पता नहीं थे, हिंदी में ही प्रलाप कर लिया, बातें कर ली और अग्नि जला दी। पंडित जी ने विडियों कॉल से अपने भाई, गिरिधारी शुक्ला, की आखिरी विधि देखी और मन ही मन सारे मंत्र बोले जो उस समय हवा में घुलने चाहिए थे। विधियाँ मोटे तौर पर शंकर को बताया और शंकर ने यथा संभव गिरिधारी जी का दाह-संस्कार अपने आंगन में ही कर दिया। छोटी आग पर धीरे-धीरे गिरिधारी जी का शरीर फैला, फिर सिकुड़ा और फिर राख में बदल गया। खिड़की से रिंकी भी आग की लपटों को देख रहीं थी और अपनी उखड़ी साँसे भी सभांल रही थी। दो दिनों तक वो भी रोती रही, फिर होश नहीं रहा। "उस शहर में अब क्या बचा है। तुम और बहू यहीं आ जाओ। साथ रहेंगे तो सबल रहेंगे।" पंडित जी ने आँसू पोंछ कर कहा। उनकी माली हालत छिपी हुई नहीं थी, पर बोलने के लिए मुँह और रखने के लिए दिल चाहिए होता है।

"ताऊ जी, शहर कहाँ बदला जाएगा। घर में यादें हैं।" शंकर ने रोते हुए कहा, "अब तो पिताजी भी नही हैं, आप लोग ही आ जाते।"

पंडित जी चुप रह गए। कुछ पलों की खामोशी के बाद बोले, "अब ना मेरी ईच्छा है, ना ही कोरोना में रहम है। जो मैं मर जाऊ तो अपनी दोनो बहनों को बुला लेना। ताई जी को भी।"

कितनी लाशें जलीं, कुछ नहीं पता। पर इतना पता था कि जब भी सन्नाटे में एम्बुलैंस की आवाज गूंजती, वो मरीज नहीं ले जा रहे होते थे, यमराज को बता रहे होते थे। वो जो लोग अस्पताल से वापिस आकर अखाबारों में कहते कि उन्होंने क्या-क्या झेला, शंकर और गरिमा को झूठे लगते थे। "हमारा तो कोई नहीं बचा। जो घर पर ठीक हो पाया, वही बचा है।" चार दिनों बाद जब शंकर ने अपनी माँ को भी खो दिया तो घर में गम चौथरफा आए। गिरिधारी जी के संस्कार का धुआँ पूरे तरीके से छिपा नहीं था। हालाँकि ज्यादा शोर नहीं हुआ क्योंकि हर कोई घर में दुबका पड़ा था, पर सुगबुगाहट थी। रिंकी जी के लिए घर का आंगन छोटा था, चार दीवारें छोटी थी और पड़ोसियों की नजर पैनी। इस बार तो हताशा इतनी थी कि शंकर और गरिमा ने डॉ॰ सलीम को भी मरने की खबर नहीं की। खुद ही रो लिए। लाश का क्या करें यह सोचा और लाश माँ की है, यह भी सोचा। अभी श्मशान की भीड़ कम सी नहीं दिखती थी। गरिमा ने नीचे दुकान से बड़ा फ्रीजर खाली करवाया और विधिवत श्रृंगार के साथ रिंकी को जगह मिल गई। "जब भी दिन बदलेंगे, माँ को श्मशान ले जाएँगे, पर ले जाएँगे विधिवत ही। क्या फायदा जो अपनी माँ की आखिरी क्रिया भी ढंग से ना हो पाए।" वैसे भी दुकान कुछ दिनों से बंद ही थी।

"अब"

"अब क्या? बैठ कर रोएंगे। जब दिल खाली हो जाएगा तब का तब देखेंगे।" यह कहकर गरिमा ने रोते हुए शंकर को गले लगा लिया।

जो अगला सावन आएगा

तब बैठ बगीचे रोएंगे

कितने अपने हमने खोए

गिन-गिन कर यादें ढोएंगे

उस घर पर भी दस्तक देंगे

जो महीनों से है बंद पडा

शायद डरती उम्मीद छिपी हो

देखेंगे अपना हाथ बढा

मंदिरों के द्वार भी खोलेंगे

गिन कर देखेंगे ईश सभी

क्या पता, जो नजर नहीं आए थे

शायद गुम हो गए हों वो भी

जिन घरों ने हवाएं बेचीं है

जिसने जख्मों पर भी व्यापार किया

उन घरों में भी गिनती देखेंगे

कितनों ने साल यह पार किया

हम बाहर सबको गिन लेंगे

अंदर भी झांक कर देखेंगे

कितना खोया, सब हिसाब करेंगे

और फूट-फूट कर रोएंगे

www.ingramcontent.com/pod-product-compliance
Lightning Source LLC
Chambersburg PA
CBHW031428150726
47989CB00002B/855